季語を食べる

地球の恵みを科学する

尾池和夫

淡交社

季語を食べる　地球の恵みを科学する

目次

秋

冬と年越・新年

Ⅳ 稲と米の四季
地球の恵みを科学する

はじめに

旬の季語を美味しく食べると一句を授かる。自然の恵みと料理の技と食の場が連携して私の六感に感動を与え、それが一七音に表現される。

俳句雑誌などから句の新作を依頼された時、季節感を体に持ち込むために料理屋に出かけたことが何回もある。俳句は「三現則」、つまり「現在の現象を現場で詠む」といつも言っているが、それを実行するという目的があって行く。また、現場である山野に出かけたり、関連する地域に出かけたりする。その味を確かめ、満足感とともに詠まなければならない。俳人たちから仕入れた情報をもとに出かけてみることもある。また、私の俳句を読んで、同じ場面を見て食べたいと言ってくる俳人もいる。俳句を詠む人たちの多くは食べることと飲むことに、たとえ高齢になっても、とても熱心である。

地球科学の研究者として、若い頃にはさまざまな土地に出かけて仕事をした。帰宅して食の経験を家族に話すのだが、話だけではわからないと言われて材料を探してきて作って食べてもらうことが多かった。一九七五（昭和五〇）年にペルーで食べたアボカドは当時、日本では浸透していなかったので「南瓜《かぼちゃ》みたいな果物」と喩えた。後に輸入されるようになってからは、私の誕生日の食事の定番となり、種を妻の葉子が育てる習慣となって今でも続いている。東南アジアで食べたパパイヤの料理の再現には柿を使った。ドリアンの味はついに再現できなかった。

ところで日本列島の陸地は、北は北緯四五度三三分から南は北緯二〇度二五分、東は東経一五三度五九分から西は東経一二二度五六分あたりまでの範囲にあって実に広い。全体として中緯度にあり、四季の変化に富んでいるが、北と南ではずいぶん気候も異なっている。そのことが飲食をはじめとした、さまざまな文化の多様性を生んでいる。

国内、海外を問わず、初めての土地では何はともあれ、その土地のものを食べて飲む。知らない食材と珍しい食べ方については、くわしい人を探して聞く。家族に報告するために自分で調理して紹介する習慣ができて、知識が深まり定着する。材料の呼び名も覚える。食事のために必要な現地の言葉を覚え、現地の食料を知り、調理の仕方を理解して、そこから土地の文化に触れる糸口が得られる。

ただし私は食通でも美食家でもない。普段の食事は近所のスーパーマーケットで旬の食材を買い、近所の肉屋で信頼のできる材料を手に入れて食事の用意をする。静岡に仕事で単身移動した際に買った調理器具は、一本のセラミックのナイフ、長い竹の箸、小さな俎板《まないた》、銅のおろし金くらいである。常備してある調味料は、三温糖、ヒマラヤの岩塩、胡椒、すり胡麻、出汁《だし》、無添加の鶏ガラスープ、醤油、オリーブオイル、本みりん、料理酒、米酢、ゼラチンくらいで、冷蔵庫には濡れた新聞紙にくるんだ生姜《しょうが》、牛乳と小岩井のプレーンヨーグルトが常備してある。その他に卵と淡路島の玉葱、男爵芋、青森の蒜《にんにく》が台所にある。

この本の内容は、以上のような私の履歴から自然に生まれた内容が多い。

I部とII部では「季語を食べる」「飲む」として、飲食にまつわる季語を取り上げて掲載した。食材となる動植物の生態、産地、生息の風土や環境、その土地の食文化との関わり、地元産業、企業の営みなど、私の興味のおもむくままに筆を走らせた。

全体に渡って私たちの体への効能についても述べているが、とくにIII部の「健康と生命維持」では、薬膳や発酵食、また世の中が飢饉《ききん》や貧困に陥った際に頼ってきた救荒食物にとくに照点をあてて述べている。

IV部では、日本食の根幹である「米」および、それを育む土壌や天候を含む「地球の恵み」にあらためて注目して、本書の締めくくりとした。

いずれの項目にも、末尾に美味しそうな句を配置した。また、本書内の項目間でとくに関連するものについては、括弧書きで誘導しておいた。

前半部となるI部と、後半部の開始となるII部の間のカラー頁には、おもに写真家の高橋保世さんによる作品を掲載した。本書で取り上げる食材や風景について、百聞は一見にしかずを実行するために威力を発揮しているのでご覧いただきたい。

料理方法や栄養に関することは、専門家から見ると至らない内容が多いと思う。加えて健康への効能の記述は、個人の体質の問題も含め、実際の医学的な効果を確かに保証するものではない場合もあることを、お詫びとともにおことわりしておく。

参考と引用については、本文中、あるいは巻末に可能な限り出典を記してあるが、とくに本文中に記述を入れると煩雑になるため省略したものも多い。各種の情報に深く感謝しつつ、ご海容をお願いしたい。

二〇二三年一〇月

尾池 和夫

凡例

○Ⅰ～Ⅳ部の各部では、原則、見出し季語の季節順に記事を配置しています（紙面の都合上、一部例外あり）。

○見出し季語に続く〈　〉には、見出し季語の傍題を載せています。

○見出し季語に次いで◆より始まる行は、見出しに関連する季語、または本文で特に言及されている季語です。それに続く〈　〉には、関連季語の傍題を載せています。

○見出し季語には文語体のよみを表記し、それ以外の季語には現代仮名遣いでルビを振っています。

○原則、動植物の学名に関わる表記にはカタカナを、それ以外は歳時記に則った表記を使用していますが、その区別は厳密ではないことをおことわりしておきます。

Ⅰ 季語を食べる

春

梅
桜餅
虎杖
浅蜊
韮
菫
野蒜
蓬
蕨狩
鱒
アスパラガス

梅《うめ》

〈梅《うめ》の花《はな》・好文木《こうぶんぼく》・花《はな》の兄《え》・春告草《はるつげぐさ》・野梅《やばい》・白梅《はくばい》・臥竜梅《がりゅうばい》・豊後梅《ぶんごうめ》・枝垂梅《しだれうめ》・盆梅《ぼんばい》・老梅《ろうばい》・梅《うめ》が香《か》・夜《よる》の梅《うめ》・梅林《ばいりん》・梅園《ばいえん》・梅《うめ》の里《さと》・梅《うめ》の宿《やど》・梅月夜《うめづきよ》・梅日和《うめびより》・梅二月《うめにがつ》〉初春 植物

◆黄梅《おうばい》〈迎春花《げいしゅんか》〉初春 植物
探梅《たんばい》〈梅探《うめさぐ》る・探梅行《たんばいこう》〉晩冬 生活

梅は奈良時代から庭木として親しまれ、果実の栽培も江戸時代から行われた。観賞用を「花梅《はなうめ》」、食用を「実梅《みうめ》」と呼んで区別してきた。

梅の花は古来、歌に詠まれてきた。『万葉集』には梅の歌が一二〇首ある。花を詠んだ歌としては萩《はぎ》についで多い。梅が春の訪れを真っ先に知らせる花だったからであろう。香りもあるだろうか。日本人は古《いにしえ》より香りに敏感である。ところが平安時代初期、花の主役は梅から桜へと変化した。そのきっかけは、八一二（弘仁三）年に嵯峨天皇《さがてんのう》が京都の神泉苑《しんせんえん》で桜の花を観賞した「花宴の節《せち》」であったと言われている。

梅の果実は、直径二〜三センチの、ほぼ球形の核果《かくか》で、果実の片側に浅い溝がある。旬の時期は六月頃で黄色く熟す。七十二候《しちじゅうにこう》の「芒種《ぼうしゅ》・末候《まっこう》」に「梅子黄《うめのみきばむ》」（梅の実が黄ばんで熟す）とある。特定の地域で栽培される品種が多く、全国どこでも入手できるものは比較的少ない。品種によって花粉が無かったり、自家受粉しなかったり、いろいろである。受粉が必要な梅では、開花時期が重なる授粉用の品種を使う。

青梅や種子に含まれるシアン配糖体《はいとうたい》がアミグダリンである。シアン配糖体とは天然に存在する化合物だが、生の青梅を大量に食べてしまうと、体内で分解されてできるシアン化水素によって、中毒を起こす恐れがある。アミグダリンは、果実の成熟、あるいは塩や砂糖、酒に漬け込んだり、加熱したりすることでそのほとんどが消失するので、熟した梅の実や梅の加工食品を食べる分には問題はない。

青梅の果実を燻製《くんせい》にした生薬《しょうやく》を「烏梅《うばい》」と称して、疲労回復などに用いる。その真っ黒な様を烏《からす》に例えて名付けられた。民間療法では、梅干しを一つ二つ、黒くなるまで焼き、熱いうちに茶碗に入れて熱湯を注ぎ、その湯を飲むと風邪に良いとされる。

梅見酒をんなも酔うてしまひけり　大石悦子

（カラー137頁）

虎杖《いたどり》

〈さいたづま〉仲春　植物

イタドリは学名に「Fallopia japonica」とあるように日本列島の植物である。タデ科ソバカズラ属の多年生植物で、山野や道端、土手など、日本のどこへ行っても見つかる。群生して草丈は一メートルを超える。雌花と雄花を別々の個体に付ける雌雄異株《しゆういしゅ》で、夏から秋に細かい白い花がたくさん咲く。「虎杖の花」は晩夏の季語である。

「いたどり」の名は、葉を揉んで血止めにして痛みを和らげるのに役立つことから「痛み取り」が転訛《てんか》したというのが通説である。その軽くて丈夫な茎が、昔は杖に使われたという。茎の虎斑《とらふ》模様から「虎杖」という表記となった。スカンポ（酸模）、イタズリ、イタンポ、ドングイ、ゴンパチ、スイバなど、地方ごとにさまざまな名で呼ばれる。

一九世紀に、フィリップ・フランツ・フォン・シーボルトによって観賞用としてヨーロッパへ持ち込まれた。イギリスでは旺盛な繁殖力から在来種の植生を脅かし、コンクリートやアスファルトを突き破るなどの被害が出て問題になっている。

春のアスパラガスの芽のような新芽や若い茎が美味しい。根際《ねぎわ》から折り取って皮をむいて山菜とする。葉も食用にされる。新芽は生でも食べられる。酸味を楽しむ食材だが、この酸味はシュウ酸でえぐみがあり、大量に摂取すると下痢を起こす。

皮をむいて酢の物や天麩羅《てんぷら》にする。流水でさらして油揚げと煮るのが私は大好きである。高知県では、苦汁《にがり》や苦汁成分を含んだあら塩で揉む。苦汁に含まれるマグネシウムイオンとシュウ酸イオンが結合して不溶性《ふようせい》のシュウ酸マグネシウムとなる。その結果、有機酸は残したまま、シュウ酸だけを除去することができる。

高知県では重要な保存食でもある。春の採取時期以外は、塩漬けもしくは冷凍保存しておいたものを用いて食べる。貯蔵する場合には皮をむいた虎杖を適当な長さに切り揃え、塩をまぶして重石《おもし》を乗せて塩漬け保存する。塩漬けや冷凍したものは水にさらして塩抜きし、油で炒める。県内の全域で手軽に採取できる山菜で、スーパーマーケットや直売所、道の駅で生だけでなく下処理済みの虎杖がたくさん販売されている。虎杖の味を、イギリスの人たちに教えてあげたいと思う。


虎杖を手折れば鳥の飛び立ちぬ　　尾池和夫

韮《にら》〈ふたもじ〉仲春 植物

◆韮《にら》の花《はな》 晩夏 植物

ニラはヒガンバナ科ネギ属の多年草で、中国原産、欧米では栽培されていない東洋の野菜である。畑で栽培されているが、野生として空き地や道路脇、畦道《あぜみち》、河川敷《かせんじき》などに広く分布する。地下に横に連なった小さな鱗茎《りんけい》がある。花期は夏で、葉の間から三〇センチほどの一本の花茎《かけい》が伸び、その先端に放射状に花を付ける。白い小さな花を数十個咲かせる。収獲の時、地際《ちぎわ》から五センチほど残して刈り取ると、二、三週間後には元の長さまで伸び、初秋まで繰り返し収穫できる。花茎の蕾《つぼみ》が出てくると葉が固くなる。

韮の国内の生産量は、その四割を一位の高知県と二位の栃木県が占める。生育に適した温暖な気候の高知県香南《こうなん》市、餃子《ぎょうざ》の街である栃木県宇都宮《うつのみや》市の周辺などが産地として知られている。緑の葉韮《はにら》が普通の食材であるが、遮光《しゃこう》して栽培したものを黄韮《きにら》といい、中華料理の食材となる。「韮もやし」とも呼ばれる。日本では岡山県が主産地である。

薬効を期待して古くから利用された植物で、野菜としての消費が増えたのは第二次世界大戦後である。中国では薬膳に、日本でも薬用に使われ、親しまれてきた緑黄色野菜である。β-カロテンの含有量が高く疲労回復や健康増進にも効果がある。

若い花茎を食材では「花韮《はなにら》」というが、季語のそれはネギ亜科ハナニラ属の多年草で、明治時代に園芸植物として導入されて帰化《きか》している。繁殖が旺盛な球根植物で、植えたまま広がる。

韮は食物としては傷みやすい野菜であり、八百屋泣かせで鮮度を保つのが難しい。わずかな時間でも、薄い葉先からしなびてくる。保存する場合には束ねてある根元を数ミリ切り落とす。根元部分を湿らせた紙で包んで全体を新聞紙などで包み、ポリ袋に入れて乾燥しないように口をとじて冷蔵庫の野菜室に立てて保存する。野菜は一般的に土に生えている状態で保存すると長持ちする。この方法で三日くらいは保存できる。

韮雑炊命惜しまん気も少し　大石悦子
韮粥の炊きあがる頃妻起こす　尾池和夫

野蒜《のびる》

〈野蒜摘《のびるつ》む〉仲春　植物

野蒜は、春の里山近辺の草地などによく生えてくる多年草である。特に田んぼや畑の周辺に多く生え出る。市街地の植え込みに居候《いそうろう》していることもある。名前は、「野生の蒜《にんにく》のようなもの」の意である。実際は辣韮《らっきょう》に近い。韮のようでもあるし、小型の野生葱でもある。

若くてきれいな葉や地下にできる鱗茎が食用になる。鱗茎は地下五〜一〇センチにある。鱗茎を含めた全草《ぜんそう》に、蒜に似た含硫《がんりゅう》化合体《かごうたい》が含まれており、臭いの原因となるが蒜よりは弱い（180-181頁）。

土壌の養分が十分な場所で栽培されたものは根が大きい。葉は柔らかく筒状で、内側が凹んだ浅い溝状であり、断面が三日月形をしている。

食べられない畑韮《はたけにら》の花もほぼ同時期に咲くので、混同しないようにしたい。野蒜の草丈は人の膝から腰くらい。葉をちょっと千切ってみれば韮のような、葱のような香りがしっかりとあるのが特徴で、区別できる。

野蒜だと思って有毒な水仙《すいせん》の球根を食べて中毒に、というニュースが毎年報じられている。水仙は食べてしまうと、最悪死に至る。玉簾《たますだれ》も有毒であり、よく似ているので注意が必要である。

繁殖は、花茎の先っぽにできる葱坊主のような零余子《むかご》が散布する以外に、球根が盛んに分球して行われる。

鱗茎を夏に掘って天日《てんぴ》乾燥したものが生薬となり、「薤白《がいはく》」と呼ばれる。同類の中国の植物名を当てて「山蒜《さんきん》」とも呼ばれる。狭心症の痛みの予防、食べ過ぎによる食欲不振など、辣韮と同様の効果がある。辣韮の薬草名も、同じ「薤白」である。民間療法として、強壮《きょうそう》、鎮咳《ちんがい》、扁桃炎《へんとうえん》、咽頭炎《いんとうえん》にも効果があると言われ、鱗茎の乾燥黒焼き粉末を砂糖湯で服用する方法が知られている。外用薬《がいようやく》として、ぜにたむし、はたけ、しらくも、腫れ、虫刺されなどに対して効果があり、含硫化合体の制菌《せいきん》作用によって治りが早まる。生の全草をすりつぶして患部に塗る方法も知られている。

野蒜つむ擬宝珠《ぎぼし》つむたゞ生きむため　加藤楸邨

蕨狩《わらびがり》

〈蕨採《わらびとり》・蕨摘《わらびつみ》・山菜採《さんさいとり》〉仲春 生活

春になると山野に蕨が伸びはじめる。蕨は貴重な食用として、山辺の農家の副収入にもなる。蕨狩は行楽《こうらく》の意味を含む季語である。

山菜は、山野に自生して食用にする植物の総称である。林野庁による「特用林産物生産統計調査」(二〇一八年)では、山菜に分類される生産物として、「わらび」「乾ぜんまい」「たらのめ」「ふき」「ふきのとう」「つわぶき」「うわばみそう(みず)」「くさそてつ(こごみ)」「こしあぶら」「もみじがさ(しどけ)」の一〇品目があげられている。

たらの芽は山菜としての利用の他に、樹皮は民間薬として健胃《けんい》、強壮、強精作用があり、糖尿病にも良いと言われる。新芽の採取時期は桜の八分咲き頃である。温室で栽培したものは、早春や夏、場合によっては冬にも収穫可能である。採取は先端から上に向いた一番の芽(頂芽《ちょうが》)と、その脇から斜めに伸びる二番の芽までとする。側芽《そくが》まで取ってしまうとその枝は枯れる。胴芽《どうが》も取らない。料理法は、天麩羅にするのが一般的である。茹でておひたしやごま和えにしたり、炒めて食べても良い。

コシアブラはウコギ科コシアブラ属の落葉高木《らくようこうぼく》である。春先に伸びて独特の香りを持つ新芽が食用となる。たらの芽と並ぶ山菜として扱われ、食用とする場合は大きく伸びていない芽を摘み取り、元のほうにあるハカマの部分を除いたものを調理する。ハカマも可食で、菜飯《なめし》やかき揚げの材料となる。肥沃《ひよく》な土地にあるものは、養分が多く美味である。強い苦味があるため、天麩羅にして和《やわ》らげると良い。また塩漬けにして保存食にもする。中国地方では「バカ」と呼ばれ、新芽を「バカの芽」と呼び食用とする。

クサソテツはコウヤワラビ科の落葉性の多年草である。若芽は「こごみ」(屈)という。こごみは、蕨、たらの芽、独活《うど》などとともに日本人には古くから馴染み深い山菜の一つである。五月上旬から六月中旬に渦巻状に丸まった幼葉《ようよう》を採取し、おひたし、サラダ、和え物、天麩羅などにして食べる。蕨ほど強くないが、独特のぬめりがあり、ぜんまいなどと違って灰汁《あく》がないため調理が容易である。おひたしにして鰹節《かつおぶし》をまぶしたり、油でさっと炒めて食べるのが私は好みである。

たらの芽や顔それぞれの生ひとつ　草間時彦

アスパラガス

〈松葉独活《まつばうど》・西洋独活《せいようど》・おらんだきじかくし〉晩春　植物

アスパラガスは若い茎を「シュート」と呼び食用にする。蛋白質構成アミノ酸の一つであるアスパラギンを含んでおり、アスパラガスから初めて発見されたことに由来してその名が付けられた。栽培方法の違いによって日光に当てたグリーンアスパラガスと、日光を遮断して育てたホワイトアスパラガスがある。

原産地は地中海沿岸で、南ヨーロッパからウクライナ、ロシア南部、イギリスを含むヨーロッパの原産とも言われている。野生アスパラガスを古くから食用していたと考えられる。紀元前二〇〇〇年頃には栽培されていた記録がある。ヨーロッパ各地で栽培が広がり、北アメリカには一六二〇年の移民とともに伝わった。

江戸時代にオランダ船によって日本へ渡来し、観賞用として栽培された。食用としては明治時代に北海道開拓使によって導入されてからである。大正時代から欧米への輸出用缶詰に使うホワイトアスパラガスがあったが、その後国内でも消費されるようになり、一九六〇年代以降、グリーンアスパラガスが主流となった。

アスパラガスの株はかなり大きい。苗を植える場所は株を動かさなくても良い場所を選ぶ。草丈は一メートル以上になる。食用の芽を収穫する際は春に二〇〜三五センチほど伸びた若芽を地際から折り取る。雄株の勢いが強く収穫量も多いが、促成栽培では雌株の茎《くき》径《けい》が太く成育が旺盛である。外見では見分けられず、花が咲くまで待つ必要がある。

グリーンアスパラガスにはカロテンやビタミンB群、C、Eが多い。穂先に含まれるルチンは、毛細血管を丈夫にする働きがあり、間接的に血圧を下げる効果があるとされる。鮮度が落ちやすいのですぐ調理し、冷蔵庫の野菜室に立てて保存する。

ホワイトアスパラガスは、同じ品種ではあるが栄養価は異なる。日光に当たらないためカロテンはほとんどなく、蛋白質やビタミンB群はグリーンアスパラガスの半分程度である。アスパラギンはどちらにも含まれている。ホワイトアスパラガスは五〜六月の時期しか出回らない。栽培に手間がかかり流通量が少ない。

（カラー138頁）

雲まぶしアスパラガスの藪に花　矢島渚男

余震止むアスパラガスに雌と雄　尾池和夫

桜餅《さくらもち》

晩春 生活

桜の季節になると食べたくなる桜餅には、関東風と関西風があり、季語から思い浮かべる桜餅の形も異なっている。関東風は「長命寺《ちょうめいじ》」、関西風は「道明寺《どうみょうじ》」と呼ばれる。

長命寺は、小麦粉などの生地を焼いた皮で餡《あん》を巻く。一七一七（享保二）年、隅田川《すみだがわ》沿いの長命寺の門番である山本新六《やまもとしんろく》が、桜の落葉を掃除することに悩み、薄い皮に餡を包んだものに、桜の葉を塩漬けにして巻いて売り出したのが由来だと言われている。

道明寺は、道明寺粉で皮を作って餡を包む。道明寺粉は糯米《もちごめ》を蒸して乾燥させ、それを粗挽《あらび》きして作るもので、大阪の道明寺で保存食として作られていたのが起源である。

長命寺、道明寺、いずれも桜の葉の塩漬けで包まれているが、柔らかで毛が少ないという理由で大島桜《おおしまざくら》の葉が使われる。

伊豆半島では、明治末期、南伊豆の子浦《こうら》地区で桜葉《さくらば》漬けが始まり、自生の大島桜を使った薪炭《しんたん》生産が盛んな松崎に中心が移った。そのため大島桜を餅桜《もちざくら》、薪桜《たきぎざくら》とも呼ぶ。二一世紀初頭で二〇〇〇戸ほどの農家が大島桜を栽培し、松崎町の桜葉生産は全国の約七割を占め、日本一となっている。二〇〇一年には環境省の「かおり風景一〇〇選」に「松崎町の桜葉の塩漬け」が選ばれた。桜葉の採取は毎年一月下旬〜二月上旬にかけて行われる。一年前に伸びた枝を根本より二〇センチ程残し全て剪定《せんてい》し、そこから伸びた枝の葉を五月上旬〜八月下旬まで、手で一枚一枚丁寧に摘み取る。

松崎町には、有名な三つの和菓子店の「桜葉餅《さくらばもち》」がある。桜味堂《さくらみどう》と永楽堂《えいらくどう》の桜葉餅は粒《つぶ》餡《あん》、梅月園《ばいげつえん》の桜葉餅は漉餡《こしあん》である。

桜の葉を塩漬けにすると、クマリンという芳香成分が生まれ、独特の風味を醸し出す。この葉を桜餅と一緒に食べるか、食べないかというのも、人によって異なる。山本新六を初代とする「長命寺桜もち 山本や」の桜餅は、複数枚の大きめの葉で包んであり、香りが餅に移っているので葉を外して食べる。私は道明寺を、包んだ葉の塩味と一緒に食べるのが好きである。

櫻餅闇のかなたの河明り　石田波郷

また母の昔話や桜餅　尾池和夫

浅蜊《あさり》

〈鬼浅蜊《おにあさり》・姫浅蜊《ひめあさり》・浅蜊舟《あさりぶね》・浅蜊売《あさりうり》・浅蜊汁《あさりじる》〉三春 動物

愛知県は全国一位の浅蜊の漁獲量を誇っている。中でも西尾《にしお》市、蒲郡《がまごおり》市の漁獲量が圧倒的に多い。渥美《あつみ》半島、知多《ちた》半島でも取られている。三河《みかわ》湾における干潟《ひがた》や浅場《あさば》の造成、豊川《とよがわ》河口の六条潟《ろくじょうがた》からの稚貝《ちがい》の移植といった資源管理が行われ、それによって浅蜊が供給される。

浅蜊漁で多く行われる方法は、腰マンガ漁といって、マンガと呼ばれる漁具（鉄製のかご）を腰に繋いで行う。三河湾では、その網の目を小さい浅蜊が抜けられる大きさにすることによって、浅蜊を取りすぎないようにする配慮がなされている。三河湾は遠浅で波も穏やかで生育しやすい環境である。そのため三河湾の沿岸地域では浅蜊を使った料理が多い。

「串あさり」は浅蜊を串に刺して天日干しにしただけの簡単な郷土料理である。江戸時代、徳川幕府に献上されていた他、東海道の宿場《しゅくば》でも提供するなど、幅広く親しまれていた。半田《はんだ》市亀崎《かめざき》では、国の重要無形民俗文化財に認定されている亀崎潮干祭《しおひまつり》が開催されるが、串あさりは祭に欠かせない一品である。夏の産卵前に栄養を蓄え、肉厚で旨みたっぷりの春の浅蜊を使ってあるが、保存食で一年を通して食べられる。正月の酒の肴《さかな》として人気がある。丸一日天日干しすると身が縮むので、身の太った浅蜊を使うのである。さっとあぶるとまた旨みが濃くなる。

浅蜊の砂を吐かせるためには三パーセントの濃度の塩水を作る。五〇〇ミリリットルのペットボトルで水を測り、キャップ二杯分の塩（約一五グラム）を加えるとできる。塩水は浅蜊がヒタヒタになるくらいにする。ボウルに笊《ざる》を重ねて砂が笊の下に落ちるようにする。吐いた砂をまた吸わないためである。水が深いと浅蜊が酸欠になる。砂の中の状態を再現するためアルミホイルや新聞紙をかけて暗くする。水管《すいかん》から勢いよく水を吐き出すのを防ぐためでもある。浅蜊が活発になる温度は摂氏二〇度である。冷蔵庫で冷やしすぎない方が良い。覗いてみて水管が出ていれば大丈夫である。約一時間で砂を出さないものは鮮度が落ちている。

潮底のしかと手応へ浅蜊掻き　沢木欣一
暁暗《ぎょうあん》の桶に浅蜊の騒ぎ立つ　尾池和夫

菫《すみれ》

〈菫草《すみれぐさ》・花菫《はなすみれ》・相撲取草《すもうとりぐさ》・壺菫《つぼすみれ》・三色菫《さんしきすみれ》・パンジー〉三春 植物

カフェやレストランで、サラダや菓子に花が添えられている。飾りとしての役割もあるが、美味しく食べることができる食用花「エディブルフラワー」でもある。花を食べるためには鑑賞用ではなく食用として育てられた花を使うことが必須である。エディブルフラワーとして販売されている花は、無農薬か低農薬で育てられている。自分で育てる場合でも、専用の苗や種を購入し、食用の花に使える酢で作られた特定防除資材《とくていぼうじょしざい》などで病気や害虫を予防する。ヨーロッパではハーブや野菜と一緒に日常的に使われる。野菜と同じようにビタミンや食物繊維を含んでいてヘルシーな食材である。

日本でも古くから菊や菜の花が食べられている（「菊」104-105頁）。蕗《ふき》の薹《とう》は天麩羅に、桜の花は塩漬けにして食べる（「桜餅」26-27頁）。エディブルフラワーはじつは身近でもある。食べる花には、ナスタチウム（ナスタチューム）、撫子《なでしこ》、マリーゴールド、パンジー、ビオラなどがある。形と色合いを生かすには生でサラダや料理に添えて使うのが良いが、ケーキャスイーツのプレートに添えれば華やかな雰囲気になる。アイスキューブにしてドリンクに活用する技もある。

生花《せいか》は冷蔵保存で数日の命であるが、加工すれば長期の保存が可能になる。ドライフラワーや砂糖漬けなどにすると長持ちする。紅茶に入れたり、菓子に使ったりして活用する。エディブルフラワーは昨今流行りのＳＮＳ映えもするだろう。

花の色が多いパンジーとビオラは形がよく似ているが、花びらが五センチ以上になるパンジーに対して、ビオラはそれより小さい。両者は、ヨーロッパに自生する野生種から育種された。最近では複雑に交雑された園芸品種が登場して区別できなくなっている。野生種や初期の品種は、冬の低温にあった後、長日下で開花する性質を持っていた。現在はその性質が弱まっており、秋から春まで長期間咲く品種が多い。

実を付けると栄養を取られるので、長期間花を楽しむためには枯れた花はこまめに摘み取ると良い。

パンジーの中に光るは箒の柄　岸本尚毅

風化せし岩の目に沿ふ菫草　尾池和夫

蓬《よもぎ》

〈餅草《もちぐさ》・艾草《もぐさ》・さしも草《ぐさ》・蓬生《よもぎう》〉三春 植物

◆草餅《くさもち》〈草《くさ》の餅《もち》・蓬餅《よもぎもち》・母子餅《ははこもち》・草団子《くさだんご》〉晩春 生活

摘草《つみくさ》〈草摘《くさつ》む・蓬摘《よもぎつ》む・土筆摘《つくしつ》む・芹摘《せりつ》む〉三春 生活

夏蓬《なつよもぎ》 三夏 植物

蓬は日本の在来種であるが、もともとは中央アジアの乾燥地帯が原産とも考えられている。日本の本州、四国、九州、小笠原《おがさわら》に分布しており、沖縄では野生化している。日本国外では朝鮮半島に分布する。

山野の草地、道ばたに自生する多年草で、繁殖力が強く、空き地、河原、畑などの日当たりの良いところで普通に見られる。地下茎《ちかけい》で増えて群生していることが多い。まだ寒い早春から他の植物に先駆けて白銀色の産毛をまとった若芽を出す。春になると茎が生長を始め、丈は一メートル以上になり、分枝してやや木質化《もくしつか》する。

早春の芽生えには香りがあり、若い葉は食用、特に草餅の材料にする。生葉《なまは》は止血、干した葉は茶にして飲むと、健胃、下痢、貧血など多くの薬効がある。葉を陰干しにして灸《きゅう》のもぐさにする。葉には精油《せいゆ》、アデニン、コリン、タンニン、クロロフィルなどを含む。精油は内服して血液の循環を促し、発汗・解熱作用があり、喉の痛み、腰痛、肩こりの痛みを和らげる作用もある。

ヨモギ属の属名「Artemisia」は、ギリシャ神話の女神アルテミスに由来し、月経痛、生理不順、不妊に効果があるとされ、「女性の健康の守護神」の意味を持っており、薬効があることから「ハーブの女王」の名がある。香りの主成分はシネオールによる。

八〜九月に茂った地上部の茎葉《くきは》を刈り取って刻んで干したものは、布袋に入れて浴湯《よくとう》料《りょう》として風呂に入れる。肌荒れを防ぎ、痛みを和らげ、あせも、肩こり、腰痛、神経痛、リウマチ、冷え症に良いとされる。蓬の青汁は、血圧を降下させる。アイヌの人々は風邪や肺炎の際に、蓬を煮る際の蒸気を吸引して治したと言われる。

やはらかく手に持ちかへて蓬餅　右城暮石

湖畔より持ちかへりたる蓬餅　尾池和夫

鱒《ます》

〈本鱒《ほんます》・桜鱒《さくらます》・海鱒《うみます》・紅鱒《べにます》・虹鱒《にじます》・姫鱒《ひめます》・川鱒《かわます》・五月鱒《さつきます》〉晩春 動物

マスはサケ目サケ科に属し、日本語名に「マス」が付く魚である。一般に「鮭《さけ》」と呼ばれる魚以外のサケ科の魚をまとめた総称、というように説明される。研究がヨーロッパに遅れていた日本で名前を付ける際に、淡水産はマス、海産はサケ、小さいのはマス、大きいのはサケというように単純に区分していた影響が呼び名に残っている。虹鱒《にじます》は食用にする。他の淡水魚に比べて人口孵化《ふか》が容易で、比較的高温にも強いことから各地で養殖が行われている。静岡県では富士山麓を中心に養殖が盛んである。

小型のものは一生を淡水で過ごす陸封型《りくふうがた》（河川残留型）、大型のものは川から海へ下って再び川へ戻ってくる降海型《こうかいがた》で、見た目が違う。陸封型をレインボートラウト、降海型をスチールヘッドと別々の名前で呼ぶのは、かつては別の魚だと考えられていた名残である。川の一部の個体が海へ下るために海洋に適応した形に変態することをスモルト（銀化）という。サケ科の魚に特有の現象である。

岐阜県郡上《ぐじょう》市を源流域とする長良川《ながらがわ》でひときわ人々を魅了し、「清流長良川の使者」と呼ばれる魚が五月鱒《さつきます》である。「皐月鱒」とも書く。サケ目サケ科に属する魚で、海へ下る降海型である。太平洋へ下り、皐月の花が咲く時期に遡上《そじょう》することから名付けられた。

きめ細かな銀色の肌と盛り上がった背中が特徴で、全体に丸みを帯びた姿が美しい。以前は長良川本流をはじめ、各支流で姿を見かけ、昭和初期には皐月鱒で生計を立てる川漁師が郡上にいた。近年はほとんど獲れない。その原因は環境の悪化で、遡上と産卵、成長の両面に影響が及んでいる。遡上ではダムや河口堰《かこうぜき》の建設による川と海の分断がある。度重なる洪水による川の地形の変化、環境悪化による水質、水温の変化などが考えられる。産卵、成長の面では、山が保水力を失ったことによって土砂が多く川に流れ込んでいることがある。皐月鱒は、環境の悪化を映す鏡となっているのである。

「長良川サツキマス再生の会」は、毎年一一月に長良川源流域に発眼卵《はつがんたまご》を放流し、減少を食い止める活動を行っている。

虹鱒の焼きもの木《き》の芽味噌仕立て

尾池和夫

虹鱒

体全体にはっきりとした黒点《こくてん》があり、エラから尾びれにかけての体側部《たいそくぶ》に赤から赤紫色の太い縦縞《たてじま》の模様がある。繁殖期の雄に現れる婚《こん》姻《いんしょく》色が虹色の光沢を発する。

画像出典：photoAC

夏

苺
鰊
篠の子
蟹
楊梅
鯖
瓜
章魚
昆布
パパイヤ
茄子
祭
山法師の花
マンゴー
鮎
仙人掌の花
鰻

苺《いちご》

〈覆盆子《いちご》・苺狩《いちごがり》・苺畑《いちごばたけ》・野苺《のいちご》・草苺《くさいちご》〉初夏　植物

イチゴと呼ぶのは、狭義ではオランダイチゴ属の栽培種であるオランダイチゴのことで、一般に「苺」として売られている。広義ではオランダイチゴ属全体を指す。英語の「strawberry」がそれに対応している。さらに広い意味では、同じバラ亜科でイチゴに似た実を付けるキイチゴ属やヘビイチゴ属を含め、「ノイチゴ」と総称する。

梶苺《かじいちご》は大きく、木が三メートルにもなる。暖かい気候の太平洋側で多く見られる。珍しく棘《とげ》がない。葉は梶の木に似ていて、枝分かれしないで一本の木のように生える。地下茎を伸ばして増える。葉は大きく一五センチ以上になる。花はノイバラ状、実はオレンジ色の集合果《しゅうごうか》で、食用となる。

草苺《くさいちご》は背丈が低く、草のように見えるが木である。生命力が強く、刈っても根から生える。短い軟毛が密生し、茎には小さい棘がある。花は白い五弁花《ごべんか》で、花弁は卵円形《らんえんけい》、花の中央に多数の雌蕊《めしべ》が、周囲にまた多数の雄蕊《おしべ》がある。果実は赤く熟し、これもまた食用になる。

蛇苺《へびいちご》の実は、俗に毒があるという説があるが無毒である。私も食べてはみたが、まったく美味しくない。ジャムに加工する人もいるが、要するにスカスカで味のない実なので添加した調味料の味そのものになる。民間療法ではかゆみ止めに用いる例がある。農薬のない場所の赤い実を選んでホワイトリカーに漬ける。つまり蛇苺の焼酎《しょうちゅう》漬《づ》けであるが、夏に向けて漬けておけば、虫に刺された時の妙薬となる。

静岡県は苺の収穫量で国内上位である。久能山《くのうざん》の石垣苺栽培がよく知られている。創始者は川島常吉《かわしまつねきち》だという。明治維新の後、彼は宿屋《やどや》「福島屋」を廃業して久能山東照宮に奉仕した。一八九六（明治二九）年に松平健雄《まつだいらたけお》宮司《ぐうじ》より託された苺苗を石垣の玉石の間に植えた。温室の無い時代に地道な研究の末、冬にもかかわらず石の輻射熱《ふくしゃねつ》で栽培に成功し、甘く香りのある実を付けることが実証された。やがて栽培が増えて玉石の入手が難しくなり、コンクリート板が考案された。石垣栽培の面積は急激に増加し、一九三九（昭和一四）年頃に最盛期となった。

木苺の種嚙む音を愉しみて　飯島晴子

篠の子《すずのこ》

〈笹《ささ》の子《こ》〉初夏　植物

「篠」は細い竹のことであるが、笹のことでもある。入梅《にゅうばい》の頃に地下茎から新しい芽が出る。

タケ（竹）は草でもなく木でもない。生物学的にはタケ亜科に属する。節《ふし》があり、中が空洞で、他の植物にはない特性を持つ。食用としての筍があり、笛、筒、箱など道具に関する語には竹冠の字が多く使われる。日本人は竹を暮らしの中に取り込んできた。

隈笹《くまざさ》は九州、中国地方など西日本に多く野生している。葉のふちが枯れて白っぽくなるのが特徴で、観賞用として美しいため、全国でよく植栽《しょくさい》される。また、防腐作用があるのを利用して、笹団子、粽《ちまき》など、食べ物を包むのに使われてきた。安息香酸《あんそくこうさん》の殺菌防腐作用によるものである。民間療法では胃もたれに、新鮮な若葉を青汁にして飲むことがある。

寿衛子笹《すえこざさ》は、宮城県と岩手県南部に自生する。牧野富太郎《まきのとみたろう》博士が一九二七（昭和二）年に宮城県仙台市で発見し、亡き妻の寿衛《すえ》にちなんで名付けた。東京都台東《たいとう》区谷中《やなか》の天王寺《てんのうじ》にある牧野夫人の墓碑には、博士自作の二句「家守りし妻の恵みや我が学び」「世の中のあらん限りやすゑ子笹」が刻まれている。葉は長さ一〇センチ程度の長楕円形で、表面に白く長い毛が並び、葉の縦半分が裏側に反り返って皺になるのが特徴である。耐寒性が高く、降雪地帯でも葉先が枯れにくいため、寒冷地の庭園では垣根や岩組《いわぐみ》の植栽に使われる。最北端に自生する千島笹《ちしまざさ》は、「根曲竹《ねまがりだけ》」と呼ばれ、日本に広く分布する。根元が弓なりに曲がっている笹で、筍がとても美味しく、山菜料理の中心的な存在である。信越地方や東北地方では、根曲竹と缶詰の鯖《さば》の水煮を使った味噌仕立ての「筍汁」が郷土料理である。山陰地方などでは「姫竹《ひめたけ》」あるいは「姫筍《ひめたけのこ》」と呼ばれている。五～六月が旬で、アスパラガスのように細くて長いのが特徴である。収穫の後、時間とともにどんどん風味が薄れ、灰汁が強くなる。収穫したらその日のうちに調理する。皮を剝き、茹でたものを水に浸して冷蔵庫に入れて、水を替えると三日ほどはもつ。水煮の状態で密封できる瓶に詰め、加熱殺菌処理をしておけば長期間保存できる。

篠の子のただ一鍬に掘られけり　　藤田あけ烏

楊梅《やまもも》

〈山桃《やまもも》・やまうめ〉仲夏 植物

ヤマモモはヤマモモ科の常緑高木《じょうりょくこうぼく》で、暖地の山地に自生し、雌雄異株である。樹形が良いので、公園や庭に植えられることが多い。四月頃、数珠つなぎに小さなピンクで花弁四枚の目立たない花を付ける。実は夏に赤く熟して、直径一〜二センチの球形となる。

原産地は中国大陸や日本で、暖地に生育し、暑さに強い。日本では関東以南の低地や山地に自生している。本州南部以南では、海岸や低山の乾燥した尾根《おね》など、痩せ地で森林を構成するので、重要樹種である。中国では江蘇《こうそ》省、浙江《せっこう》省が産地で、とりわけ寧波《ねいは》市に属する余姚《よよう》市や慈渓《じけい》市、あるいは温州《うんしゅう》市甌海《おうかい》区が古くから知られた産地である。千年に及ぶとされている古木が多く残っている。

実は六月頃に紅色から暗赤色に熟し、甘酸っぱく生で食べられる。果実の色素はアントシアンで、服に付くと落ちにくい。ジャムを作る時、クエン酸などを入れて酸性にすると、赤色がきれいに長く保たれる。缶詰、砂糖漬け、リキュールなどにも加工される。中国では白酒《バイジウ》に砂糖を加え、果実を漬け込んだリキュールの「楊梅酒」が広く作られている。徳島県を代表する農産物とされているが、旬の時期は極めて短く、柔らかくて傷みやすいので地元だけで消費される。静岡県では、伊豆高原地区が実のなる最北端と言われている。甘酸っぱい味は果実飲料に適しており、伊豆急行の各駅の自動販売機には「やまももドリンク」がある。伊東《いとう》市の蓮着寺《れんちゃくじ》の楊梅は国の天然記念物となっており、日本最大とされている。

シイラ漬《づけ》漁業といって、シイラ漬という漁具を海面に設置して、それにシイラなどの魚が集まる習性を利用した漬漁業《づけぎょぎょう》の一種があるが、高知県ではそのシイラ漬の下に、葉が付いた楊梅の枝を垂らしておいて、隠れようとする小魚を誘き寄せ、小魚を目当てに集まってくるシイラを巻き網で捕る。

樹皮に含まれるタンニンには防腐、防水、防虫の効果があり、むかしは漁網《ぎょもう》を染めるのに用いた。また、樹皮は楊梅皮《ようばいひ》という生薬になって、タンニンに富むので止瀉《ししゃ》作用（下痢止め）がある。消炎《しょうえん》作用もあるので、筋肉痛や腰痛用の膏薬《こうやく》に配合されることもある。

楊梅を食べたる服の降りきたる　尾池和夫

瓜《うり》

〈初瓜《はつうり》・甜瓜《まくわうり》・真桑瓜《まくわうり》・越瓜《しろうり》・瓜畑《うりばたけ》〉晩夏 植物

◆瓜《うり》の花《はな》〈胡瓜《きゅうり》の花《はな》〉初夏 植物

ウリは、狭義にはメロンが東方に伝わってできた品種群の総称であり、広義にはウリ科の果菜類《かさいるい》の総称である。

メロンはインドから北アフリカにかけてが原産地である。果実を食用にするため栽培化され、早くからユーラシア大陸全域に伝播した。日本列島でも貝塚から種子が発掘されている。また、瀬戸内海の島嶼《とうしょ》では人里近くで苦味の強い小さな果実を付ける野生化した雑草のメロンがある。縄文時代には伝わって栽培されていたと考えられている。

日本で古くから「うり（ふり）」の名で親しまれ、中国では「瓜」の漢字があてられた。近代、ヨーロッパや西アジアの品種群が伝えられた時、同じ種であっても在来品種に比べて芳香や甘みが強く、そちらを「メロン」の名で呼ぶようになった。

甘みや清涼感を味わえる甜瓜《まくわうり》などの品種群があるが、日本では西洋メロンの導入以前より多数の農家で生産されてきた、安価な庶民のメロンであった。自然な甘味と歯触りが良いのが特徴である。大量生産が容易で、市場では普段使いの野菜として安価に取り引きされ、昭和までは手頃な甘味として親しまれていた。平成以降、生産技術の向上でネット系メロンが安価になり、甜瓜を食べる機会が少なくなった。

胡瓜《きゅうり》は食用野菜として栽培されている。インド西北部のヒマラヤ山脈南山麓地帯が原産で、紀元前一〇世紀には西アジアに定着した。果実の九五パーセントが水分で、暑い季節や地域では水分補給用としても大切である。日本で本格的に栽培が盛んになったのは昭和初期からであるが、当初は仏教文化とともに遣唐使によってもたらされたとみられ、薬用に使われたらしい。空海が元祖の「きゅうり加持《かじ》」や「きゅうり封《ふう》じ」に使われた。

中国の西域、新疆《しんきょう》ウイグル自治区のオアシス地帯では、古来栽培されてきた品種の「ハミウリ」がとても美味しい。トルファンの葡萄《ぶどう》とともに、シルクロードの旅の楽しみの一つである。

甜瓜選ぶに妻は値を問はず　　尾池和夫

昆布《こんぶ》

晩夏　植物

昆布は日本の出汁《だし》文化にとって大変重要な食材だが、水の硬度が関係する。硬水はカルシウムとマグネシウムが多く、肉を煮るとカルシウムが肉の血液と結びついて灰汁になる。灰汁を取り除けば生臭みのないスープが取れる。しかし、軟水の日本の水で獣の肉を煮ると、臭くて美味しくない。一方、昆布を煮ると美味しい。硬水で昆布を煮るとカルシウムと昆布に含まれるアルギン酸が結合して、グルタミン酸をうまく引き出せないのである。関東の水はヨーロッパほどではないが、関西に比べると硬度の高い中硬水である。利根《とね》川《がわ》は広い平野をゆったりと流れて大地の成分を溶かし込んでやや硬度が高くなる。急峻《きゅうしゅん》な山地の川の水は軟水である。関西では昆布の出汁が主流だが、関東では鰹節が出汁の主流となった（「雪解」156-157頁）。

古くから漁業が盛んな北海道では昆布の生産量も多い。鎌倉時代には昆布の乾燥方法が確立され、北海道から本州に出回りはじめた。昆布を含めた北海道の産物を本州に運んだのは、戦国時代末期から北海道の松前《まつまえ》に進出していた近江《おうみ》商人たちであった。松前から船で日本海を進み、敦賀《つるが》で陸揚げして琵琶湖を経由して大坂へ運んだ。近江商人たちは共同で船を仕立てて船乗りを雇った。雇われたのは北陸の船乗りが多く、後に、この中から自分で船を得て大坂で商売を始める者が現れた。これが江戸時代には「北前船《きたまえぶね》」と呼ばれるようになった。太平洋は危険な海域であったため、下関《しものせき》を回る西回り航路ができた。日本海側の諸藩も、船で年貢米を運ぶようになった。

北前船で輸送量が増えた北海道の産品の多くは乾物で、乾燥した昆布と身欠き鰊《にしん》で作る昆布巻きが、北陸を経由して日本全国に広まった。

昆布の種類と味の違いを知っておいて、料理に活かすと良い。昆布は北海道でほぼすべて生産されている。真《ま》昆布は上品な香りと旨みで澄んだ出汁、羅臼《らうす》昆布は風味も旨みも強い出汁、利尻《りしり》昆布は癖のない香りと旨みの強い出汁、日高《ひだか》昆布は磯の香りが強めで風味や旨みが弱めの出汁という特徴がある。

影すらも本土の見えず昆布干す　森田　峠

昆布干す橄欖岩《かんらんがん》の砕石に　尾池和夫

茄子《なす》

〈なすび・初茄子《はつなすび》・賀茂茄子《かもなす》・丸茄子《まるなす》・長茄子《ながなす》〉晩夏 植物

茄子はインド原産で、淡色《たんしょく》野菜として世界中で栽培されている。黒紫色の果実が多いが、白いものもある。色や形はさまざまで多数の品種がある。定番の野菜として欠かせないが、栄養的には特徴がない。東洋医学では体温を下げる効果があるとされる。皮の色素ナスニンは、抗酸化作用があるアントシアニンの一種である。

静岡県三保《みほ》では地温《ちおん》がある砂地を利用した日本初の促成栽培が茄子で始まった。旬の早い折戸《おりと》茄子が徳川家康に献上された。「一富士、二鷹、三茄子《なすび》」の茄子であると言われる。元は貴重な野菜であったが、江戸時代頃より広く栽培されるようになり、庶民的な野菜となった。明治以降、栽培が途絶えていたが、二〇〇五年頃に国の研究機関から種子を譲り受けて復活に取り組み、二〇〇七年から出荷している。

茄子は淡白な味で他の食材とも合わせやすい。油を良く吸収し相性が良い。茄子を油で炒める時には、適当に切って塩水に浸け、フライパンを温めて油を少量注ぐ。蔕《へた》に近い部分が美味しいので、できるだけ蔕のぎりぎりまで使う。水を切ってじっくり炒め、油をよく吸うけれどもつぎ足しを決してしないように、茄子の全面をじっくり焼き、気長に炒めることが重要である。茄子に皺が出てくると油がしみ出してくる。全体をよく混ぜながら、皮が光るようにしばらく炒めると味が廻る。茄子に味があるので調味料は加えない。

アルカロイドを多く含み、一部の品種を除き生食はしない。加熱調理しない場合は漬物にするか、塩揉みで灰汁抜きしてから料理する。高知県では、塩で揉んで酢の物にする食べ方がある。

酢の物にする時には、茄子を斜めに薄切りにして使う。塩で揉み、数分置いて水気を絞る。甘酢や味噌を加えて和える。茗荷《みようが》を輪切りにして入れるとまた食感が変わる。

また、高知県では茄子のたたきを食べる。茄子を縦に細長く切って油たっぷりの鍋で揚げ焼きにし、薬味を載せて二杯酢で食べる。薬味には茗荷や鰹節などを入れる。暑い季節に冷やしておくといくらでも食べられる。

古事記伝読みし夜は茄子鴫焼《しぎやき》に　　有馬朗人

手づかみやスンダ料理の生の茄子　　尾池和夫

山法師の花《やまぼふしのはな》

〈山法師《やまぼうし》〉晩夏　植物

この花の和名の由来は、中心に多数の花が集まる頭の形の花序《かじょ》を法師、つまり僧兵の坊主頭に見立て、その下にある花びらのような白い「総苞片《そうほうへん》」と呼ばれる葉を白頭巾に見立てたものである。「山に咲く法師」である。山法師の名所と言われる箱根では昔「クサ」と呼んでいた。

果実が食用になる。桑の実に見立てて、別名を「山桑《やまぐわ》」と呼ぶ。公園や街路樹でもよく見かける。山法師の実は、熊や猿、鳥の好物でもある。九月になると実の緑の部分が黄味がかった赤となり、三センチほどにまで膨らむ。外皮は硬く、イボイボが付いていて完熟すると地面に落ちる。糖度一五度を超えるものもある。実の中に硬い種がある。

花水木《はなみずき》は「アメリカ山法師」の別名を持っているが、その実は有毒である。公園などでこの木を山法師に植え替える場合もある。北米原産で、日本へは、一九一二（明治四五）年にワシントンD.C.に贈った桜の返礼として贈られた木である。

山法師の実にはビタミンやカロチン、アントシアニンなどが含まれる。滋養強壮、疲労回復の効能がある。果実を乾燥させて下痢や腹痛にも使う。

ジャムにする場合には、熟して落ちた実などを収穫し、水に入れて手で洗い、皮のつぶつぶ部分を取り除く。軽く手で潰して砂糖をまぶし、混ぜ合わせて一時間ほど置く。鍋に果実を入れて中火で温め、沸騰したら火を止めて粗目のザルで果肉を漉す。何回か漉した後に細かい目のザルに替えてさらに漉し、中火にかけ、焦がさないように煮て、とろみが付いたらレモン汁を加えて完成である。

果実酒を作る場合には、果実の蒂を取り、水洗いして紙などで水気を取り、果実酒用の容器に入れる。ホワイトリカー、氷砂糖、レモンを加え二〜三か月浸け置く。果実を取り出してさらに半年以上熟成させる。

町を出て道くつろげり山法師　　藤田湘子
今年より庭木に加へ山法師　　後藤比奈夫
山法師の実の思はざる旨さかな　　尾池和夫

鮎《あゆ》

〈香魚《こうぎょ》・年魚《ねんぎょ》・鮎《あゆ》の宿《やど》〉三夏 動物

◆鮎汲《あゆくみ》〈稚鮎汲《ちあゆくみ》・小鮎汲《こあゆくみ》・鮎苗《あゆなえ》〉仲春 生活
若鮎《わかあゆ》〈小鮎《こあゆ》・鮎《あゆ》の子《こ》・稚鮎《ちあゆ》・上《のぼ》り鮎《あゆ》・鮎《あゆ》のぼる〉晩春 動物
鮎鮓《あゆずし》 三夏 動物　鮎釣《あゆつり》〈鮎漁《あゆりょう》・鮎掛《あゆかけ》・鮎狩《あゆがり》・囮鮎《おとりあゆ》・鮎《あゆ》の川《かわ》〉三夏 生活
落鮎《おちあゆ》〈鮎落《あゆお》つ・錆鮎《さびあゆ》・渋鮎《しぶあゆ》・下《くだ》り鮎《あゆ》・子持鮎《こもちあゆ》・秋《あき》の鮎《あゆ》〉三秋 動物

鮎には多くの呼び名がある。「香魚」は独特の香気《こうき》を持つことに由来し、「年魚」は一年で一生を終えることに、「銀口魚《ぎんこうぎょ》」は泳いでいると口が銀色に光ることに由来する。他にも「渓鰮《けいうん》」は渓流の鰯《いわし》の意味、「細鱗魚《さいりんぎょ》」は鱗《うろこ》が小さいことに、「国栖魚《くずうお》」は奈良県の土着の人々である国栖《くず(くにす)》が吉野川の鮎を朝廷に献上したことに由来する。

初夏の若鮎が美味とされ、塩焼きや天麩羅は絶品。鮎は蓼酢《たでず》で食べる。また、蓼味噌《たでみそ》を添える場合もある。塩焼きにした後に残った骨はあぶり、熱燗《あつかん》の日本酒を注ぐ骨酒《こつざけ》とする。

石に付いた藻類を食べるという習性から、長大な下流域を持つ大陸の大河川よりも、日本のような急流の多い川に適応している。親は遡上した河川を流下し、河川の下流域に降り産卵する。最高水温が摂氏二〇度を下回る頃に始まり、一六度を下回る頃に終了する。水温摂氏一五〜二〇度、二週間ほどで孵化する。孵化した仔魚は透明で、心臓やうきぶくろなどが透けて見える。仔魚は数日のうちに海、あるいは河口域に流下し春の遡上に備える。塩分濃度の低い場所を選ぶため、河口から四キロを越えない範囲を回遊する。

鱗が全身に形成され稚魚《ちぎょ》は翌年四、五月頃に五〜一〇センチになり、川を遡上する。歯の形が岩の上の藻類を食べるのに適した櫛形《くしがた》になる。川の上流から中流域に辿り着いた幼魚は、石に付着する藍藻類《らんそうるい》および珪藻類《けいそうるい》（バイオフィルム）を主食とする。岩石表面の藻類をこそげ取ると、岩の上に紡錘形《ぼうすいけい》の独特の食べ痕が残り、これを「はみあと」という。

養殖ものは滋賀県の琵琶湖で獲れる「小鮎《こあゆ》」や愛知県のハーブエキスの餌で育つ「ハーブ鮎」などが知られるが、天然ものに劣らない味になっている。天然、養殖ともに場所によって大きさや香りに違いがあり、産地ごとに食べ比べの楽しみもある。

（カラー146頁）

安曇川の鮎を丸ごと味噌汁に　　尾池和夫

鰻《うなぎ》

〈鰻掻《うなぎかき》・鰻筒《うなぎづつ》〉三夏 動物

◆土用鰻《どようううなぎ》 晩夏 生活　落鰻《おちうなぎ》 晩秋 動物

鰻は幼魚や卵が見つからず繁殖の過程が謎であり、古来、山芋が変じてなるのだという俗説があった。鰻資源は、一九七〇年代から減少を続けている。消費の九九パーセント以上を占める養殖にはシラス鰻が用いられる。日本で採取されたシラス鰻の漁獲量は、ピーク時には二〇〇トンを超えていたが、二〇一三年には五・二トンにまで落ち込んだ。二〇一三年二月には日本鰻が環境省レッドリストに、二〇一四年六月には、ＩＵＣＮレッドリストに絶滅危惧種として選定された。

減少の理由は、シラス鰻の密漁、成魚の乱獲、河口堰やダムの建設、護岸のコンクリート化など、河川環境やエルニーニョ現象といった海洋環境の変化があげられている。とりわけ乱獲については、かつて世界の鰻の七割を消費していた日本の責任が指摘されている。

静岡県の吉田町《よしだちょう》には養鰻池《ようまんいけ》があり、大井川《おおいがわ》の伏流水《ふくりゅうすい》の恵みで成り立っている。吉田町では地表から二メートルほど掘ると伏流水が出る。大井川の扇状地《せんじょうち》を流れる地下水量は、一説に一日当たり五〇～八〇万立方メートルに及ぶと推定されている。その伏流水が、毎日一時間ないし二時間、養鰻池に投入される。水温三七度以上で鰻は死んでしまうので、水温を下げる目的もある。水温が低くなるとボイラーで温度を上げる。

静岡市内で「共水《きょうすい》うなぎ」を食べたことがある。焼津《やいづ》市大井川地区の株式会社共水が養殖したものである。共水うなぎは、池の水温の調節で擬似的に四季を造りだし、一年半～二年の間に四季を五巡ほど繰り返して成魚へと育てるという。餌には国内最高級のホワイトミールを使用し、徹底した水質や魚体の管理によって薬品に頼らない飼育を心がける。

高知市帯屋町《おびやまち》にある居酒屋「山岡」では天然の鰻を焼いてくれる。全国の流通量でいうと天然鰻の占める割合はわずか〇・二パーセント未満で本当に貴重である。天然鰻は厳しい環境下にいるため個体によって大きさや風味が違う。特有の泥臭さがある。育った地域の香りである。天然ものにこだわる人はこの泥臭さで鰻の育った地域がわかるという。

川に礼し鰻に礼し夕餉とす　　尾池和夫

（カラー147頁）

鱏《えそ》

三夏　動物

鱏の仲間には、アカエソ、マエソ、オキエソなどがあり、日本では本州中部以南の海に分布する。通常、一般家庭の台所で料理する魚ではないが、蒲鉾《かまぼこ》の材料になる。「なんだ鱏か」と釣り師には喜ばれない魚と言われ、顔つきや食べにくさで人気のない魚であるが、一部では高級魚として扱われる。

海水魚で、生息域は水深二〇〇メートルより浅瀬、海底が砂地になっている場所に生息している。千葉県から九州の太平洋沿岸、若狭《わかさ》湾から九州の日本海の比較的暖かい地域に分布している。日本以外ではインドから西太平洋にも分布する。

夜行性で、昼間は海底で砂の中へ潜っている。夜に活動を開始する。肉食魚で貝類や甲殻類、他の魚類などで自分より小さい生き物は何でも捕食する。産卵期は春から夏で、脂ののった食べ頃もその頃である。雄よりも雌のほうが大きい。

成魚の全長は一〇〜七〇センチ、吻《ふん》（口あるいはその周辺が前方へ突出している部分）が短く頭の前方に大きな目がある。目の後ろまで大きく開く口に小さな歯が並ぶ。体は細長く、断面は丸く、円筒形の体型である。鱗は大きくて硬い。ひれは体に対して小さい。背びれと尾びれの間に小さく丸い脂《あぶら》びれがあるのは、鮭、鮎などと同じ特徴である。

魚肉練り製品の原料としては癖の無い淡泊な味で歯応えが良い。鱗を取り、頭は真上から包丁を入れて腹びれも落とすように切り、よく洗ったら腹から尾びれにかけて切り込みを入れ、向きを表に変え包丁の背中で身を叩き、また裏返して骨を付け根から剥がす。骨ごと擂《す》り身として蒲鉾の高級品となる。西日本では天麩羅や竹輪《ちくわ》にも利用される。和歌山県では「南蛮焼《なんばやき》」と呼ばれる蒲鉾にされ、干物は通の食材である。

高知市大橋通《おおはしどおり》の名所になっている「松岡かまぼこ店」では創業以来、厳選した材料と伝統の技を受けついだ手作りの蒲鉾や天麩羅が買える。蒲鉾は土佐沖の鱚を主に、魚の性質を見分けながら一匹ずつさばいて細かい骨もくだいてなめらかにし、うすで擂り、職人が一本ずつ丁寧に板に載せる。店長の加茂加奈《かもかな》さんは、自分や客、家族らの姿を赤裸々に、四コマ漫画『アテはテンプラ　カモカナ!!』で描いている。

蒲鉾店二代目の手に土佐の鱚　　尾池和夫

蟹《かに》

〈山蟹《やまがに》・沢蟹《さわがに》・川蟹《かわがに》・磯蟹《いそがに》〉三夏 動物

◆蝤蛑《がざみ》〈わたり蟹《がに》〉三夏 動物

カニは甲殻類の節足動物の総称で、夏の季語の「蟹」は、水辺にいる小蟹《こがに》のことを指している。沢蟹は料理の涼感の演出にも活躍し、唐揚げにする。これに対して、「ずわい蟹」は三冬の季語であり、明確に区別されている。

さまざまな種類があり、成体の大きさも数ミリから、脚の両端まで三メートルを超えるタカアシガニまで、変化に富む。頭胸部《とうきょうぶ》に五対の歩脚《ほきゃく》（胸脚《きょうきゃく》）を持ち、最前端の一対が鉗脚《かんきゃく》、つまり鋏《はさみ》である。短い触角が二対ある。食用で多いタラバガニやヤシガニなどは、第五歩脚が甲羅内の「鰓室《さいしつ》」という場所に折り畳まれている。

鉗脚は、餌をつかんだり、敵を威嚇したりするのに用いる。スナガニ科の蟹であるシオマネキのオスの片方の鋏は巨大化しており、この大きな鋏は求愛行動のみに使い、採食にはもう一方の小さな鋏の方を用いる。

蟹の多くは横歩きするが、ミナミコメツキガニは前歩き、アサヒガニ科やカラッパ科の蟹は後ろ歩きする。クモガニ科とコブシガニ科の蟹は七個の脚の各節が管状《かんじょう》で、前後左右へ動くことができる。呼吸は頭胸甲《とうきょうこう》（頭胸部を覆う一枚の厚い外皮）の両側にある鰓《えら》で行うため水を不可欠とし、水揚げされた蟹は限られた水を繰り返し使って泡を吹く。

高知県の四万十川《しまんとがわ》、仁淀川《によどがわ》、物部川《ものべがわ》流域では「つがに汁」があり、農林水産省のデータベース「うちの郷土料理」でも紹介されている。ツガニとは、河川に棲息する藻屑蟹《もくずがに》のことで、それを生きたまま石臼やミキサーで粉砕し、その出汁から作る。旬は、虎杖《いたどり》（16-17頁）や葛《くず》の花が咲き始める秋頃が目安である。産卵のためにツガニが川を下りると流域で漁が始まる。体長一〇センチくらいのものから、大きなものになると三〇センチほどになる。

産卵期のツガニは、雄より栄養を蓄えた雌の方が美味しい。近年では漁獲保護のため禁漁期間を設けており、八月一日～一一月三〇日がツガニ漁の解禁期間となる。

谷やせて蟹の骸の上に蟹

尾池和夫

鯖《さば》

〈鯖釣《さばつり》・鯖火《さばび》・鯖船《さばぶね》〉三夏 動物

◆秋鯖《あきさば》 三秋 動物

真鯖《まさば》は豊後《ぶんご》水道の関鯖《せきさば》、岬鯖《はなさば》、三浦市松輪《まつわ》の松輪鯖、胡麻鯖《ごまさば》は屋久島の首折《くびお》れ鯖、土佐清水《しみず》市の清水鯖など、地域のブランド鯖がある。

鯖街道は若狭国《わかさのくに》などの小浜藩《おばまはん》領内と京都を結ぶ街道の総称で、魚介類を京都へ運搬するための物流ルートであったが、最も多く運ばれたのは鯖であった。花折《はなおり》断層の活動でできた破砕帯《はさいたい》にほぼ沿って生まれた谷間を通る街道である。

その鯖街道で運ばれた真鯖の一塩《ひとしお》ものが京都の鯖寿司として定着した。祭や四季の催しものなどの「ハレ」の日に京都の家庭で作られてきた。

「へしこ」は若狭地域や越前海岸沿岸の伝統料理で、鯖などの魚の内臓を取りだして塩漬けし、糠漬《ぬかづ》けすることで長期保存するものである。厳しい冬を越すための貴重な蛋白源であった。歴史は古く、江戸時代の中頃には作られ始めていたと言われている。家庭で作られるへしこを使う「なれずし」は、正月などの場に欠かせないご馳走だった。

そんな、日本の食文化や食卓に欠かせない鯖の不漁が続いている。二〇二二年の主要漁港の水揚げ量が前年比で四割減、二〇二三年二月には水産加工会社が缶詰の出荷を一時停止した。日本で多く取れる太平洋の真鯖の不漁要因は資源量の減少ではなく、水温の変化により漁場である沿岸から回遊経路が沖合に移動したためと、国立研究開発法人「水産研究・教育機構」は推定する。真鯖は秋から冬にかけて日本の東側沿岸を南下してきたが、福島から千葉にかけての沿岸の漁獲量は大きく減り、漁業期間も短くなっているという。

機構は原因として、寒流である親潮の千島列島から三陸沿岸へ向かう流れが弱くなり、比較的低い水温を好む真鯖が沖合に移動した可能性を指摘。日本の南岸を東へ流れる暖流の黒潮が房総半島以東で北に向きを変え、付近の水温が下がりにくくなったことで回遊時期が遅れたとも分析した。

旅了る鯖のへしこをぶら下げて　飯島晴子

首折りの鯖がおすすめ昼の膳　尾池和夫

章魚《たこ》

〈蛸《たこ》・蛸壺《たこつぼ》〉三夏 動物

◆麦藁章魚《むぎわらだこ》 仲夏 動物

タコは頭足類の軟体動物で、蛸壺漁が有名だが、豚の脂身で釣ることもある。種類が豊富で刺身、酢の物などにして食す。イイダコはマダコ科のタコで、春の季語である。柔軟な体は筋肉である。硬いのは、眼球の間の脳を包む軟骨と嘴《くちばし》のみである。捕らえられた触腕《しょくわん》を切り離して逃げることができ、再生する。その時分かれて生えることもあり、極端なものでは九六本足のものが見つかり、三重県の鳥羽水族館に展示されている。

章魚は八本の足にびっしりと吸盤が並んでいる。吸盤をよく見ると、大きかったり小さかったり、並び方がバラバラだったり、小さめで整然と並んでいたりする。吸盤が大きめでバラバラなのが雄、小さくて整然としているのが雌である。雄は縄張り争いや雌をめぐって戦う。その際、吸盤を武器にするので大きい。刺身になっても吸盤で区別できる。

「麦藁章魚」は麦刈りの頃の章魚である。昔からこの季節の章魚は関西で食材としてもてはやされてきた。旬は六〜八月と言われている。夏場の章魚は太く短い足と、甘みがあるのが特徴で、噛めば噛むほど味わいがある。

昔から半夏生《はんげしょう》に章魚を食べる習慣がある。半夏生とは、夏至（六月二一日頃）から数えて一一日目の七月二日頃から七夕（七月七日）頃までの五日間のことをいう。半夏生は農家にとって大切で、この時期までに田植えを終えないといけない。関西の農家では、半夏生に章魚を食べ、大地に稲が根づくようにと祈った。

たこ焼きの創始者は大阪市西成区「会津屋《あいづや》」の初代遠藤留吉《えんどうとめきち》だという。一九三三（昭和八）年、肉や蒟蒻などを入れて焼いたラヂオ焼を始めた。二年後には、明石焼きに影響を受けて章魚と卵を入れるようになって「たこ焼き」と名付けた。一九六〇年代中頃には関東でも屋台での販売が見られるようになり、銀座では生地に海老のすり身を入れた屋台が人気を博したという。一九九〇年代には、宇宙食用が開発され、宇宙飛行士の向井千秋《むかいちあき》さんがスペースシャトル内で食べた。二〇一〇年代には缶詰が登場した。

熱燗や食ひちぎりたる章魚の足　鈴木真砂女

パパイヤ

三夏　植物

パパイヤは、パパイア科パパイア属の常緑小高木《じょうりょくしょうこうぼく》の果実をいう。メキシコ南部の原産で、熟すとオレンジ色になり、中の黒い種を取り除いてレモンをたっぷり絞り込んでスプーンで食べる。

樹高は二～一〇メートルで、まっすぐに伸びた茎の先に掌状《しょうじょう》に切れ込んだ八つ手に似た大きな葉を付ける。果実は、品種により大きさが異なるが、熟すにつれて緑色から黄色に変化する。果実の中央部に黒い種子がたくさん入っている。味や食感が柿に似ているので、東南アジアから来た留学生が柿を食べると全員が「パパヤ」という。果実が大きいほど甘みは薄い。

パパイヤの木は実を付けても成長は止まらず、どんどん大きく成長する。幹は繊維質であまり頑丈ではなく、一〇個以上の実を付けると折れそうになる。次々と花が咲いて実がなる。一年に一〇〇個も収穫できる。

実が未熟な場合には追熟させてから食べる。新聞紙に包んで常温に置く。果皮全体が黄色くなり、柔らかくなったら食べ頃で、冷蔵庫の野菜室に入れて冷やして食べる。熟したら早めに食べるが、カットしたものを保存する時は、種を外してラップをぴったりとくっつけて包み、冷蔵庫の野菜室で保存する。

青パパイヤはポリフェノールが豊富である。青パパイヤの果汁は蛋白質分解酵素を含むため、触れると皮膚が赤くなったりかゆみが出たりする場合がある。灰汁抜き前の青パパイヤは直接触らないようにする。手袋を使うといい。

灰汁抜きして「ソムタム」などのサラダや和え物にする。豊富に含まれている酵素に肉を柔らかくする効果があるため、肉料理との相性も抜群である。また日本料理の方法で、出汁で煮ると美味しい。

人参と青パパイヤを四角の柱状に切り、豚肉で捲いて塩胡椒で味を調え、オリーブオイルで焼く。あらかじめ人参を軽く茹でておき、パパイヤを流水で洗って灰汁を抜いておく。

パパイアに行先のこる地図濡らす　鷹羽狩行

パパイアの完熟を待つ社会面　尾池和夫

祭《まつり》

〈夏祭《なつまつり》・祭獅子《まつりじし》・祭太鼓《まつりだいこ》・祭笛《まつりぶえ》・祭囃子《まつりばやし》・祭提灯《まつりぢょうちん》・祭髪《まつりがみ》・祭衣《まつりごろも》・宵宮《よいみや》・夜宮《よみや》・宵祭《よいまつり》・本祭《ほんまつり》・陰祭《かげまつり》・山車《だし》・神輿《みこし》・渡御《とぎょ》・御旅所《おたびしょ》・祭舟《まつりぶね》〉三夏　行事

◆春祭《はるまつり》　三春　行事
秋祭《あきまつり》〈里祭《さとまつり》・村祭《むらまつり》・浦祭《うらまつり》・在祭《ざいまつり》〉三秋　行事

「祭」は夏の季語でたくさんの傍題を持っている。祭に登場する神輿《みこし》、囃子《はやし》、獅子《しし》、山車《だし》などがある。その他に、祇園祭《ぎおんまつり》、天神祭《てんじんまつり》、熊祭《くままつり》など各地の祭が季語になっており、その土地の風物とともに詠まれる。秋祭も収穫を祝う祭として各地にある。

季語としての「祭」は、江戸時代以来、江戸、京、大坂など、都市部の神社で執り行われる夏祭を指した。夏は疫病が発生しやすく、疫病の元凶とする怨霊《おんりょう》を鎮めたり祓《はら》ったりすることは人々の切実な願いであった。名越《なごし》（夏越《なごし》）の祓《はらえ》も晩夏の季語である。

災禍を遠ざけてくれる神様が降臨するのは夜と考えられていたため、夏の祭は宵宮から始められ、この習俗を背景として夜に行われるものとなった。祭の楽しみは屋台や土地の名物を売る店である。それぞれの祭の歴史的な背景などもあって盛り上がる。

実例を一つあげると、福井県の勝山《かつやま》市では二〇二三年夏、新型コロナウイルスの発生から四年ぶりに神社の境内《けいだい》で模擬店も出て、婦人会副会長はカレーと焼きそば具材を担当し、朝から六升のご飯を炊き、甘口と中辛のカレー九〇皿分を仕込み、焼きそば一二〇食分の具材を準備。焼き鳥、フライドポテト、かき氷、クレープなどがキッチンカーで並び、枝豆、生ビールも売られた他、スマートボールやバルーンなどの遊びのコーナーも出店して、久しぶりに大賑わいとなった。手作りイベントは大変ではあるが、地域にとっては大切なものであり、世話した人たちも、復活できて良かったと幸せな気持ちで終えた。

博多三大祭の一つである筥崎宮《はこざきぐう》「放生会《ほうじょうや》」では必ず葉の付いた新生姜の店が出る。一説によると、黒田官兵衛《くろだかんべえ》と、その恩人である加藤重徳《かとうしげのり》が久しぶりに再会したのが放生会の日で、重徳が手土産に渡したのが土の付いた新生姜だったという由来である。（官兵衛が有《あり》岡城《おかじょう》の戦いの際、使者として訪れ同城に幽閉されたが、重徳はその牢番でよく世話をしたとされる。）


（カラー142頁）

町ごとの三番叟《さんばそう》ある秋祭

尾池和夫

マンゴー

三夏 植物

マンゴーは漢字で「檬果」「芒果」などと表記される。ウルシ科マンゴー属の果樹とその果実がマンゴーと呼ばれ、別名で「菴羅《あんら》」「菴摩羅《あんまら》」とも言われる。紀元前のインドで栽培が始まり、仏教で聖なる樹とされている。ヒンドゥー教では万物を支配する神「プラジャーパティ」の化身とされる。

果実の果肉は黄橙色《おうとうしょく》で多汁《たじゅう》である。果皮は強くて厚い。未熟果は非常に酸味が強く、グリーンマンゴーのジュースが絶品である。完熟すると濃厚な甘みを帯びる。マンゴーはウルシオールに似たマンゴールという痒みの原因となる物質を含んでいる。そのため食べるとかぶれる場合がある。湿疹《しっしん》などの症状は食べてから数日経って発症する場合もある。

熟した実はそのまま食用にする。マンゴープリンも有名であり、洋生菓子にもなる。未熟果は塩漬けや甘酢漬けなどにする。東南アジアでは未熟果を炒めて料理に使う。

日本国内でも年間三〇〇〇トンほどのマンゴーが生産されている。追熟させたものが食用になることが多い。宮崎県では樹上で完熟して自然落果したものを「完熟マンゴー」として出荷する。ハウス栽培では年中収穫されるが、この完熟マンゴーは四月中旬〜七月頃までしか出荷されていない。厳しい基準を通過したもののみ「太陽のタマゴ」のブランド名で出荷される。

ドライマンゴーは乾燥させて保存性を高めた食品である。栄養素が凝縮されていて生のマンゴーより栄養価が高く、効率的に栄養を摂取することができる。また、無添加のものをプレーンヨーグルトにしばらく浸けておくと柔らかくなって美味しい。ドライマンゴーに含まれる脂溶性《しようせい》ビタミンがヨーグルトに含まれる脂肪分と合わさって、腸内での吸収率が高まる。細胞の老化を防ぎ、美肌、アンチエイジング、便秘の改善、ストレス解消にも効果的と言われる。粘膜や皮膚、免疫機能を正常に保つ働きがあり、感染症対策にも役立つ。

マンゴーに南国の宴果てにけり　稲畑廣太郎
犬は海を少年はマンゴーの森を見る　金子兜太
完熟マンゴー南国の日を連れ来る　尾池和夫

仙人掌《さぼてん》の花《はな》

〈覇王樹《さぼてん》〉晩夏 植物

◆月下美人《げっかびじん》〈女王花《じょおうか》〉晩夏 植物

サボテンは中南米で紀元前から食べられていた野菜である。食用にされているのはウチワサボテンで、メキシコでは「ノパル」と呼ぶ。健康野菜として親しまれており、スーパーマーケットで山盛りで売られている。肉料理の付け合わせとして出てくる。国連食糧農業機関は、乾燥地でたくましく育つことから、食用ウチワサボテンを食糧危機を救う食品として、また、健康に良い効果があるとして、次世代の野菜としての可能性に注目している。日本でも研究が進められている。

ウチワサボテンは、糖尿病、肥満、胃炎、高血糖症などの症状を改善する健康野菜と言われる。伊豆半島の伊東市《いとう》にある「伊豆シャボテン公園」のレストランにもサボテンの料理がある。東京にも最近、サボテン料理を楽しめるメキシコ料理のレストランがある。レストランで「サボテンステーキ」を注文するといい。想像するサボテンそのものが皿に載って出てくる。棘は丁寧に取ってあるので、安心して食べることができる。

愛知県春日井市《かすがいし》では、特産品である食用ウチワサボテンを学校給食に使うようになって長い。サボテンのコロッケなど、サボテン料理を子どもたちが喜んでいる。また、市内の商店街や飲食店では和菓子、洋菓子、パンなどに使われている。春日井市のサボテン栽培のきっかけは、一九五九(昭和三四)年の伊勢湾台風である。市内の多くの果樹が台風の被害を受けた一方でサボテンは被害が少なかった。それから生産する農家が増えた。

サボテンの仲間の月下美人《げっかびじん》は夜にだけ咲くという性質で、透けるように白い。大きな美しい花を女性に例えた。葉状茎《ようじょうけい》の丈が一〜二メートルに達すると蕾ができる。夜に咲き始めた花は翌朝までの一晩で萎む。月下美人はコウモリに花粉を運んでもらうコウモリ媒《ばい》花《か》である。香りが強いこと、夜間開花すること、小型哺乳類の訪花に耐える強度を持つこと、花粉と花蜜が虫媒花《ちゅうばいか》よりも多いことなどの特徴があるが、原産地の新大陸の熱帯地域において、花蜜や花粉を食す、一部の小型コウモリ類への適応と考えられている。

仙人掌の花の孤独を持ち帰る　　上田日差子

家の庭に咲いた月下美人（写真提供：石川有三）

開花中の花、開花後の萎んだ花、いずれも食べることができる。咲いている花を焼酎に漬けて保存することもできる。台湾ではスープの具として使われている。以前、私の家の庭にも咲いてくれて、翌日食べるのが楽しみだった。萎れた月下美人の花を縦に割って、雄蕊や雌蕊を取り除き、軽く水洗いしておく。湯を沸かして酢を少し加え、花びらをさっと湯通しする。笊にとって水切りし、熱いうちに酢、はちみつ、塩を合わせた甘酢に漬ける。粗熱が取れたら密閉容器に入れて冷蔵庫に入れ、三時間くらいおいて味がしみた頃が食べ頃である。苦みもえぐみもなく、シャキシャキした歯触りが美味しい。

秋

南瓜
椎の実
新大豆
新蕎麦
防災の日
新豆腐
桃
落花生
太刀魚
芋
柿
枝豆
茸
菊
金柑
鮭
秋刀魚
虫

南瓜《かぼちゃ》

〈とうなす・なんきん〉初秋 植物

◆南瓜《かぼちゃ》の花《はな》〈花南瓜《はなかぼちゃ》〉仲夏 植物

南瓜は、一六世紀にポルトガルの船が来日した時、寄港地のカンボジアからもたらされ、「かぼちゃ瓜」と呼ばれた。高知で育った私は土佐の言葉で「ぼうぶら」と覚えた。ポルトガル語で「カボチャ」などの種類を「abóbora」(アボボラ)と呼ぶ。また、「唐茄子《とうなす》」「南京《なんきん》」の呼び名は、ポルトガル船の寄港地の一つであった中国の南京に由来する。江戸時代中期の『和漢三才図会《わかんさんさいずえ》』(一七一三年)に、南京渡来の野菜として「南京瓜」、唐の茄子として「唐茄」、またカンボジア由来なので「柬埔寨瓜」などと記載されている。

原産は南北アメリカ大陸であるが、ペルーで大きな南瓜を屋根に積んで走っている乗用車を見て、私はいかにも原産地の光景と思った。一四九二年、コロンブスがヨーロッパに持ち帰り、大航海時代に世界中に広まり東南アジア地域でも栽培されるようになった。

日本で流通している南瓜は、日本かぼちゃ、西洋かぼちゃ、ペポカボチャの三系統に大別される。私は日本かぼちゃが美味しいと思う。形が平たくて縦に溝が入って凹凸があり「菊かぼちゃ」とも呼ばれる。一般的に水分が多く西洋かぼちゃより粘りがある。煮崩れしにくいので煮物や蒸し物など、日本料理に向いている。

南瓜を食べて苦味を感じることがたまにある。それには二つの原因がある。一つは、クリスタル症状による苦味である。南瓜の糖質、澱粉質が白く結晶化する現象のことをいい、腐臭や黴《かび》の臭いがすることもある。これは成長過程で果肉が脱水状態になって発生するもので害はない。内側に発生している場合、外からの見た目では識別できない。

二つ目はククルビタシンである。ウリ科の植物に含まれる苦み成分のことで、胡瓜、西瓜《すいか》、メロンなどにも含まれている。この苦み成分は、植物が身を守るための「毒」の役割をしており、多く摂取すると腹痛、下痢、嘔吐などの食中毒症状が引き起こされることがある。天候などの影響や、育つ環境の悪化などにより、ストレスが多くかかると量が増える。強い苦味があるので、苦味を感じた時点で食べるのをやめる。

長考を要する南瓜ばかりなる

櫂未知子

新大豆《しんだいず》

初秋　植物

◆新小豆《しんあずき》　晩秋　植物

大豆は農作物として世界中で広く栽培されている。中国が原産で、古代より日本を含めたアジア地域へ伝わったとされるが、滋賀県の粟津湖底遺跡《あわづこてい》（紀元前四〇〇〇年頃）や静岡県の登呂《とろ》遺跡（弥生時代、紀元一世紀頃）からも出土しており、古代から各地で栽培されていた。ヨーロッパへは一八世紀に、アメリカへは一九世紀に伝わった。

日本料理とその調味料の原材料として中心的役割を果たしている。菜食主義や殺生を禁じた宗教においては蛋白源として利用され、精進料理においても重用される。

味噌作りは全国各地で行われ、土地ごとの気候風土や麹菌《こうじきん》を付ける穀物の種類、原料の配分、熟成期間の違いで、色や風味、味わいなどが異なる。大きく「米味噌」「麦味噌」「豆味噌」の三種類に分かれる。

米味噌は北関東から東北、北海道地方では赤褐色であり、長野県、北陸、中国地方の日本海側は淡色の辛口米味噌が生産される。日本産の味噌の約八割は米味噌で、白味噌も米味噌の一種である。麦味噌は大麦とはだか麦を使い、大豆に対する麹の割合が多い。関東の麦味噌は麹が少なく長期間熟成を経た辛口で赤色であり、九州地方のものは比較的熟成期間が短く、甘口で淡色である。豆味噌は主に愛知県、三重県、岐阜県で作られる。夏場に高温多湿になり、米麹や麦麹を使った味噌では酸敗《さんぱい》が起こりやすいため、味噌玉《みそだま》に直接、麹菌を付け、塩と混ぜて仕込む。

小豆は和菓子の重要な原料の一つであり、餡にしてさまざまな形で使われる。餡は餅との縁も深い。日本で餅に深く関係する餡は特に「餡子《あんこ》」という。澱粉質や食物繊維の豊富な食材を煮詰めて水分量の少ない重い練り物に仕上げたものである。日本では、当初は塩《しお》餡《あん》が普通であったが、砂糖が普及して甘い餡が主流となる現代までの変化も興味深い。

大豆干す良寛さまの墓前道　上田五千石
大豆稲架《はざ》大峰山の見ゆる田に　右城暮石
雷《いかづち》の名の四つ辻や豆の花　尾池和夫

防災《ぼうさい》の日《ひ》

〈関東大震災《かんとうだいしんさい》の日《ひ》・九月一日《くがつついたち》・震災忌《しんさいき》〉初秋 行事

九月一日は防災の日と定められている。一九二三（大正一二）年に関東大震災が起こった日である。傍題の「震災忌」は特定の人の忌ではなく、震災によって亡くなった人々の忌を詠む季語である。防災訓練が行われ、備蓄されている災害用の食品などを点検して入れ替える機会だが、試食会などを行う日ともなる。最近の非常用食品は美味しい。

ウェブサイト「政府広報オンライン」に「いつもの食品で、もしもの備えに！　食品備蓄のコツとは？」という項目がある。それによると、最低でも三日分、できれば一週間分の食品を家庭で備蓄しておくことが重要だとある。

備蓄のコツも紹介されている。まずは、普段食べている食材を多めに買って備える。それを普段の食事で食べる。食べたら買い足して、補充する。蓄える→食べる→補充するを繰り返しながら、一定量の食品が備蓄されている状態を保つので「ローリングストック法」と呼ばれている。キャンプや山登りなどのアウトドアでも使える食品もあり、ローリングストック法を日常生活の一部に取り入れようという提案である。
「サバイバル®フーズ」は、世界最大規模の凍結乾燥食品メーカーであるオレゴンフリーズドライ社の四〇年にわたる経験と特殊な技術により作られた、二五年間の超長期保存が可能なフリーズドライ加工食品とクラッカーの備蓄食である。このメーカーは、アポロ計画から現在のスペースシャトルに至るまで、宇宙食を提供し続けている。高度なフリーズドライ技術と気密容器への充塡《じゅうてん》（脱酸素剤の封入）で、腐敗と酸化のリスクを徹底的に取り除く。通常五年と言われる賞味期限を、合成保存料を使用せずに二五年とすることに成功している。

私のオフィスには、南海トラフの巨大地震発生の可能性が高いと私たちが予測した二〇三八年一二月まで有効である缶詰が置いてある。中身は「洋風とり雑炊」で、一缶に一〇食分が入っている。また、ビスケット乳酸菌クリームサンドの非常食用である江崎グリコのビスコ保存缶、三立製菓《さんりつせいか》株式会社のカンパンなど、製造後五年保存ができるものは毎年一個ずつ買って、五年目から皆で試食する。

雲ひとつなき東京の震災忌　　尾池和夫

桃《もも》

〈桃《もも》の実《み》・白桃《はくとう》・水蜜桃《すいみつとう》〉初秋 植物

◆桃《もも》の花《はな》〈白桃《しろもも》・緋桃《ひもも》〉晩春 植物

桃が美味しい旬は七〜八月である。たくさんの品種が存在し、産地や旬が異なる。店頭には七月から出始め、一二月頃まで並ぶ。

世界でも多くの種類が栽培されている。大きく分けて白桃、黄桃、ネクタリン、蟠桃《ばんとう》がある。日本と中国は果肉が白く酸味が少ない品種、アメリカでは果肉が黄色く酸味がある品種、スペインやラテンアメリカ諸国では不溶質《ふようしつ》で果肉が黄色い品種が伝統的に好まれる。

桃の生産量日本一の山梨県で、特に高品質な桃の産地として知られるのが笛吹《ふえふき》市の春日居《かすがい》である。春日居地区の桃栽培の歴史は大正に始まるが、戦争中に一度は伐採されて消滅し、一九五〇（昭和二五）年頃から徐々に復活し、一九六一（昭和三六）年、職人技ともいえる手詰めの箱詰め選果の導入で、マーケットの信頼を獲得した。農家自身が桃を箱に詰め、形にこだわるだけでなく刷毛《はけ》で桃の産毛《うぶげ》を整えていたという。露地《ろじ》ものの出荷は六月下旬〜八月下旬まで早生《わせ》、中生《なかて》、晩生《おくて》と登場する。春日居地区は有袋《ゆうたい》栽培を貫いているが、収穫の約二週間前に袋の口を開け、陽光を浴びさせ、よく完熟させてから収穫する。

山梨県に次いで福島県が桃の生産量全国二位である。また一世帯あたりの桃の支出額は福島市が六年連続で一位である。硬い桃が中心であり、その代表が「あかつき」である。福島県の果樹研究所が開発した品種で、県内で生産される桃の約半数を占める。

「あかつき」の皮の色は全体に桃色で、果肉は白っぽいクリーム色で紅が混じる。肉質は緻密で食感がしっかりしており、日持ちが良い。糖度は一二〜一四度と高い。

元を辿ると、国のプロジェクトから生まれた品種である。農林省の果樹試験場で生まれた新しい品種の桃に、「れ-13」という個体番号が付けられた。この桃は試験栽培中、果実が小さいという欠点が克服できず、栽培を断念する県が続出し、やがて国の予算も下りなくなった。しかし、福島県だけがあきらめずに試行錯誤を続けた。改良に成功し、新しく命名したのが「あかつき」である。近年はあかつきを交配させた品種も誕生している。

ひたすらに桃たべてゐる巫女と稚児　　飯田龍太

太刀魚《たちうを》

〈たちの魚《うお》〉仲秋　動物

身近な堤防釣りで釣れる魚に太刀魚がある。鯵《あじ》や鯖《さば》、鰯《いわし》など小型の青魚を主食とする中で、最も手軽に釣果《ちょうか》を得られる魚の一つである。都心部の防波堤では、夏の終わり頃から初冬にかけて釣れる魚で、大きさには幅があるが、初心者でも釣りやすい。週末の夕暮れ前の「まずめ時」には、太刀魚が釣れる釣り場に多くの釣り人が集まる。「まずめ」というのは釣人や漁師の言葉で、日の出、日の入りの前後で、釣りに最も良い時間のことである。「朝まずめ」「夕まずめ」という。

太刀魚は世界の熱帯、温帯域の沿岸から大陸棚にかけて棲息している。日本では北海道から九州南岸の沿岸部の他、瀬戸内海で漁獲量が多い。

その名前は、外観が銀色で太刀に似ていることによる。英語でも「カットラス」（舶刀《はくとう》）と呼ばれる湾曲した刃《やいば》を持つ剣に似ていることから、「カットラスフィッシュ」（Cutlass fish）と呼ばれる。また、「サーベルフィッシュ」（saber fish）という名もある。水面の獲物を狙って垂直に立って泳ぐ習性があるため、「立ち魚」と呼ばれたともされる。銀色に輝くのはグアニン色素層で覆われているためで、体表に鱗を持たない。胸びれは発達せず、尾びれや腹びれは退化している。一方背びれが大きく発達しており、運動は主に背びれを波打たせて行う。頭は獰猛《どうもう》そうな鋭く発達した歯が目立つ。体は全体的に左右に平たく、幅は指四本と表現される。

太刀魚は鯖の近縁種で、脂があるが白身であっさりした味である。肉は柔らかく、塩焼き、バター焼き、ムニエル、煮付け、唐揚げなどにする。紀州、播州、天草では皮ごと刺身や寿司、酢の物などにする。和歌山県有田《ありた》市周辺では骨ごと擂《す》りつぶして揚げた「ほねく」とか「ほね天」と呼ばれる揚げ蒲鉾が市販されている。

骨は細く、とても硬い。傷みやすい魚なので、丁寧に処理をしたものを選ぶ必要がある。刺身や寿司など生で食べると、熱に弱く酸化しやすいドコサヘキサエン酸とエイコサペンタエン酸を無駄なく吸収できる。また、これらの栄養素は脂や煮汁に溶けだしやすいので、ホイル焼きにして汁を残さず食べるのも良い。

太刀魚の曲り曲りて長々し　　岩田由美

柿《かき》

〈甘柿《あまがき》・渋柿《しぶがき》・富有柿《ふゆうがき》・次郎柿《じろうがき》・熟柿《じゅくし》・木守柿《きもりがき》・柿日和《かきびより》〉晩秋 植物

◆干柿《ほしがき》〈柿干《かきほ》す・吊し柿《つるしがき》・串柿《くしがき》・甘干《あまぼし》・枯露柿《ころがき》・柿簾《かきすだれ》〉晩秋 生活

柿は播種《はしゅ》から結実までの期間が長い。「桃栗三年、柿八年」と言われる。ただし、接木《つぎき》の技術を併用すると実際は四年で結実する。品種改良に際して甘渋は重要な要素であり、甘柿同士を交配して渋柿となることもある。日本では柿は北海道を除く各地にある。甘柿は温暖な気候で栽培される。東北地方では少量の渋柿が出荷される。

渋柿の果肉にはタンニンがあり、水溶性で渋味が強い。食用にするには熟柿《じゅくし》を待つか、タンニンを不溶性にする渋抜き加工を行う。果実は収穫後も生きている細胞である。果皮を通じて呼吸している。この呼吸を妨げられると果実内にアセトアルデヒドが蓄積される。これがタンニンと酸化縮合し水に溶けない形となると、人の舌では渋味を感じなくなる。生の果実を薬効目的に用いる時は「柿子《かきし》」と称され、生食すれば咳、二日酔いに効果があると言われている。また、渋柿の汁を発酵させたものが「柿渋」であり、日本の伝統的な染料、塗料である。防腐の効果もある。混ぜ物のない柿渋のことを「生渋《きしぶ》」と呼ぶ。萼《がく》を除いた青い未熟果を砕いてすり潰し、水を加え、二〜三日放置した後、布で汁を搾って作る。柿渋は、紙に塗ると耐水性を持たせることができ、和傘や団扇《うちわ》の紙に塗られる。柿渋の塗られた紙を「渋紙」と呼ぶ。

「木守柿《きもりがき》」という季語がある。収穫の後に柿の実を一個だけ木に残しておく習慣で、来年も実が付くようにという祈りとともに小鳥のために残しておく。最近では熊が登ったりするので残さないようにと指導する村も増えてきた。里を守る苦労が多い。

干柿は渋柿を干したドライフルーツである。表面に付着する白い粉は柿の実の糖分が結晶化したもので、主にマニトール、ブドウ糖、果糖、ショ糖からなる。日本ではかつてこれを集めて砂糖の代用とし、中国では「柿霜《しそう》」と称して生薬とした。

（カラー143頁）

吊し柿嘘偽りも甘くなる　津田清子

干柿の種のあはれを舌の上　片山由美子

三国山颪《おろし》にゆらり柿すだれ　尾池和夫

茸《きのこ》

〈菌《きのこ》・茸《たけ》・毒茸《どくたけ》・毒茸《どくきのこ》・茸汁《きのこじる》〉晩秋 植物

◆松茸《まつたけ》 晩秋 植物　松茸飯《まつたけめし》〈茸飯《きのこめし》〉仲秋 生活

大型の菌類を呼ぶ俗称で、茸や菌の字を「きのこ」と読んだり「たけ」と読む。朽ち木や枯れ葉から養分を取って胞子で増える。温暖かつ湿潤な日本列島によく合っており、日本には四〇〇〇〜五〇〇〇の種類があり、古くは「草片《くさびら》」と呼ばれていた。狂言にも、屋敷に茸が生えて、山伏《やまぶし》に祈禱《きとう》を頼むが茸は増え続け、動き回るようになる演目がある。松茸は『万葉集』に詠まれ、平茸《ひらたけ》は『今昔物語』や『平家物語』に出てくる。

日本では食べられる茸が多いが、猛毒のものもある。火炎茸《かえんたけ》（火焔茸）は、鹿の角《つの》の形をしており真っ赤である。食べると死亡率が高く、触るのも危険である。月夜茸《つきよたけ》は緑に発光して夜の観賞用とされる。橅《ぶな》の枯木に群生し、若いうちは平茸や椎茸《しいたけ》などに似ていて誤食されやすいので中毒が最も多く、死亡例もある。

三大旨み成分は、イノシン酸、グルタミン酸、そして干し椎茸のグアニル酸である。低温でじっくり火を通すことが大切で、加熱することで細胞壁《さいぼうへき》が壊れて旨みが出やすくなる。乾燥茸を戻す場合も、低温でじっくりが鉄則である。冷水に浸して一晩戻すと良い。

日本では高価な食用茸として珍重される松茸だが、独特の香りが日本以外では不快な匂いとして、顔を背ける人も多い。中国でも食べられるが、火鍋や麺料理に入れて普通の茸として食べる。雲南《うんなん》省では一キロ五〇〇円くらいで買える。日本へ輸出するようになって大儲けした人たちが、今では松茸御殿と呼ばれる家に住む。DNA解析によって、日本産の松茸とほぼ同一と突き止められたスウェーデン産の松茸も、多く輸入されている。

松茸は菌根菌《きんこんきん》で、マツ属などの樹木の根と一緒に生活している。環状のコロニーを作り拡大させていくが、その環状を「フェアリーリング」（天使の輪）と呼ぶ。私が松茸狩りに初めて参加した時、ベテランが松茸を一つ見つけると、松の根元から同じ距離を廻って次を見つけるという技を見たことがある。これが必ず成果を生む。

一日はおまけのごとし茸汁　宇多喜代子

火焔茸注意の山や春闌《た》けて　尾池和夫

金柑《きんかん》

晩秋　植物

金柑の木は高さ二メートルほどになり庭木にもなる。若い枝には棘がある。夏から秋にかけて二〜三センチの白い五弁の花が咲く。花には雌蕊が一本と雄蕊が二〇本ある。初夏の花には実がならず、その後の花に緑色の実が付き、冬にかけて金色になる。

金柑にはビタミンCが豊富にあり、風邪の予防や美容と健康に効果がある。皮ごと囓《かじ》って食べる。この食べ方で、毛細血管の強化や血圧の上昇を抑制するとされているビタミンP、骨粗鬆症《こつそしょうしょう》を予防するカルシウム、抗酸化作用で動脈硬化を予防するビタミンEを効率よく摂取できる。

金柑の砂糖漬けは、果皮に刃物で切れ目を入れ、軽く茹でてから竹串で種子を除き、砂糖と水をかぶるほどの鍋に入れ、落とし蓋をして、中火からとろ火で汁がなくなるまで煮詰めた後、陰干しにする。蜂蜜漬けや甘露煮、マーマレードにする場合もある。甘く煮てから、砂糖に漬け、ドライフルーツにすることもある。煮詰める時にほんの少し醤油を落として、焦げる手前まで煮詰める。

金柑は民間薬として、咳、喉の痛みに効果があるとされており、「金橘《きんきつ》」と称する。金柑の蔕を取り、縦に浅い切り込みを入れる。鍋に金柑と水を入れて中火にかけ、沸騰したら蜂蜜を加えて一〇分ほど煮る。保存容器に移して冷蔵庫で保存する。煮汁は湯や炭酸などで割って飲み物とする。風邪気味の時などに喉を潤してくれる。

日本一の産地は宮崎県である。糖度一六度以上で直径二八ミリ以上の完熟金柑を「たまたま」と名付けている。加工用のものに比べて大きく甘く、生食が美味しい。毎年一月一五日の解禁日を皮切りに旬が始まる。二〇一〇年の日本における収穫量は三七三二トンであり、その内宮崎県は二六〇四トン、二位の鹿児島県は八七三トンを占める。

揚羽蝶《あげはちょう》は柑橘類《かんきつるい》の樹木に産卵し、幼虫はその葉を食べる。金柑の木も対象である。卵からかえり幼虫になり、幼虫から脱皮をして青虫になる。青虫から約一一日間で蛹《さなぎ》になり、そこから一四日目ぐらいから脱皮がはじまり、揚羽蝶が旅立つ。

金柑を星のごと煮る霜夜かな　黒田杏子
冬の夜の金柑を煮る白砂糖　草間時彦

秋刀魚《さんま》

〈さいら・初《はつ》さんま〉晩秋　動物

和名の「さんま」の由来については、有力な説が二つある。「サ（狭い、細い）」に起源があり「細長い魚」を意味する古称「サマナ（狭真魚）」が変化したとする説が一つ、大群をなして泳ぐ習性を持つことから大きな群れを意味する「サワ（沢）」と、「魚」を意味する「マ」からなる「サワンマ」が語源となったという説が一つである。「刀」の字を持つ由来は魚体が刀に似ていることからで、一九二二（大正一一）年の佐藤春夫《さとうはるお》の詩「秋刀魚の歌」で、広くこの表記が知れわたるようになった。

「サンマ」を欧米に紹介したのは、一八五四（安政元）年に日米和親条約締結のため来日したマシュー・ペリーが連れてきた学術調査団の団員であった。サクラマス、ヤマメ、マアナゴ、イトウなど六二種の日本産の魚を「新種」として紹介した中に含まれていた。

秋刀魚は季節によって広い範囲を回遊することが知られているが、回遊経路は解明されていない。日本近海の群れは、太平洋側では黒潮の暖流域で孵化し海流とともに北上し、夏季にはオホーツク海方面で回遊して成長する。成魚になると秋に産卵のために寒流（親潮）に乗って太平洋側を南下する。日本海側でも同様に山口県沖の対馬《つしま》海流の暖流域で産卵し、新潟県沖など日本列島を囲むように南下する。寿命は一〜二年程度である。

胃が無く、短く直行する腸が肛門に繋がっており、摂食した餌は二〇分程で消化、排出される。また、鱗が小さい上にはがれやすい。漁船から水揚げされる際に多くの鱗がはがれ落ちてしまう。内臓に鱗が含まれている場合は、水揚げの時に呑み込まれたものである。

秋刀魚には、血液の流れを良くすると言われるエイコサペンタエン酸が含まれている。また、ドコサヘキサエン酸も豊富に含まれており、悪玉コレステロールを減らす作用、脳細胞を活発化させる効果があるとされる。

紀伊半島や志摩半島の一部では「サイラ」と呼ぶ。秋刀魚寿司や開きにして一夜干ししたものを焼いて食べるのが一般的である。志摩では天岩戸《あまのいわと》の神饌《しんせん》の一つで、一一月二三日に岩戸の前で秋刀魚を焼いて食べる。伊豆、紀州、北陸などでは脂の落ちた秋刀魚を丸干しに加工する。特に若魚を丸干しにしたものは「針子《はりこ》」、三重の鈴鹿《すずか》では「カド」と呼ぶ。

風の日は風吹きすさぶ秋刀魚の値　石田波郷

椎の実《しひのみ》

〈落椎《おちしい》・椎拾《しいひろ》う〉晩秋　植物

◆椎《しい》の花《はな》　仲夏　植物

シイは、ブナ科クリ亜科シイ属の樹木の総称である。シイ属は主にアジアに約一〇〇種類が分布し、日本はこの属の分布北限となっており、ツブラジイとスダジイの二種が自生する。他に日本ではシイ属に近縁のマテバシイ属のマテバシイも「椎」の名で呼ばれている。ブナ科に属し、果実はいわゆるドングリに含まれるが、食用に適しているため、個別に「椎の実」と俗称される。

日本に分布する二種は、暖帯の平地における普通種で、琉球列島、九州から本州にかけての照葉樹林の代表的構成種である。都市部でも神社の境内などにある。大きいものは二五メートルに達し、樹の上部が丸く傘状になる。葉は同じブナ科の常緑樹であるカシ類と比べて小さめで、つやのある深緑、やや卵形で先端が伸びた鋭尖頭《えいせんとう》で、ギザギザのないもの（全縁《ぜんえん》）から、少しギザギザしたもの（弱い鋸歯《きょし》）まである。また葉の裏は金色がかって見える。果実は完全に殻斗《かくと》に包まれて熟し、それが裂けて外に出る。小型で黒く、殻を割ると中の種子は白く、生で食べるとやや甘みがある。

ツブラジイは関東以西に分布する。果実は球形に近く、スダジイに比べ小さい。スダジイは、シイ属の中では最も北に進出してきた種であり、大きな木では、樹皮に縦の割れ目を生じる。福島県、新潟県の佐渡島《さどがしま》にまで生育地がある。果実は細長い。

椎の実は、縄文時代には重要な食料であったと言われる。現在でも博多の放生会や八幡《はちまん》（北九州市）の起業祭といったお祭では炒った椎の実が夜店で売られる。生でも食べられるが、軽く炒って食べることが多い。紙袋に入れて電子レンジで加熱するのも良い。食べるにあたってはまず水で洗い、浮いてきた虫食いの実を捨ててから用いる。

椎の実には、ビタミンCやカリウム、食物繊維が多い。コラーゲン生成促進、抗酸化作用、動脈硬化の予防などが期待できる。神社の御神木《ごしんぼく》などによくあるスダジイは、小さいが真っ白な中身で灰汁が無く、甘みが強くて美味しい。

わけ入りて独りがたのし椎拾ふ　杉田久女

新蕎麦《しんそば》

〈走《はし》り蕎麦《そば》〉晩秋 生活

秋に収穫された実で作る蕎麦が「新蕎麦」である。「秋蕎麦」ともいう。新蕎麦の時期は秋以外にもあり、秋蕎麦を「秋新《あきしん》」と呼んで区別することもある。「夏新《なつしん》」の名で知られているのは、四〜六月に種をまいて、二か月半後の六〜八月に収穫される蕎麦である。蕎麦作りには涼しい気候が適している。昼夜の温度差が大きいと栄養が蕎麦の実に運ばれやすくなるので甘い澱粉質が作られる。蕎麦は燐《りん》のない土地であっても育つ。火山噴出物には燐がないので、農作物のためには土壌を改良することになるが、蕎麦はそのままの大地で育つ。したがって蕎麦の畑と火山の分布が重なる。

秋蕎麦は香り高く、深い味わいが楽しめることから、江戸時代には食通がこぞって求めた。中部から北の地方に名産地が多い。茨城の「常陸秋《ひたちあき》そば」を筆頭に、小粒ながら甘みと粘りの強い福井の在来種が特に有名である。日本三大蕎麦である「戸隠《とがくし》そば」と「わんこそば」の長野や岩手、「出雲《いずも》そば」の島根も知られている。

蕎麦粉店や蕎麦屋は、蕎麦一年分を自店で保管していることも多い。そこで新蕎麦は明らかな違いがあり、晩秋の季語として定着した。私が行く京都北白川の「藤芳《ふじよし》」では、北海道から始まって各地の新蕎麦を、秋の間は次々と楽しむことができる。

蕎麦御三家は、江戸時代から続く藪《やぶ》、更科《さらしな》、砂場《すなば》の三つの暖簾《のれん》である。

藪は、麺の色は緑色がかっており、醤油の味が強く塩辛いつゆである。神田淡路町《かんだあわじちょう》にある「かんだやぶそば」は一八八〇（明治一三）年に創業、池波正太郎《いけなみしょうたろう》が通った店である。

更科は、蕎麦の産地である信州更級郡《さらしなぐん》（現長野市）に由来する。挽出した蕎麦粉の純白の一番粉を「さらしな」と名づけた。蕎麦殻《そばがら》を外し、精製度を高め、胚乳内層《はいにゅうないそう》中心の蕎麦粉（更科粉、一番粉）を使った白くて高級感のある蕎麦を更科蕎麦という。

砂場は大坂を起源とする。大坂城築城に際しての資材置き場の一つである「砂場」によるとされる。一七九九（寛政一一）年の『摂津名所図会《せっつめいしょずえ》』の大坂部四下の巻、新町傾城郭《けいせいくるわ》の項には「砂場いづみや」の図がある。大阪市西区の新町南公園に、砂場発祥の石碑が建てられている。

新蕎麦や宿出でてすぐくさはらに　　田中裕明

新豆腐《しんどうふ》

晩秋　生活

豆腐は一年を通して食卓に登場する日本の食べものである。晩秋の季語として登場し、次に三冬の季語として「湯豆腐《ゆどうふ》」が、晩冬の季語として「凍豆腐《しみどうふ》」の季語があり、氷豆腐《こおりどうふ》、寒豆腐《かんどうふ》、高野豆腐《こうやどうふ》の傍題がある。さらに三春で「田楽《でんがく》」の季語が、田楽豆腐《でんがくどうふ》、田楽焼《でんがくやき》、木《き》の芽田楽《めでんがく》の傍題とともに登場する。

長野県大鹿村《おおしかむら》に「大鹿村中央構造線博物館」がある。そこでは中央構造線の両側の地質の説明があって、現地の露頭《ろとう》（岩石や鉱脈の一部が地表に現れている所）とともに西日本の構造が理解できる。中央構造線を境に日本海側を「内帯《ないたい》」、太平洋側を「外帯《がいたい》」と呼ぶが、外帯の地層は豆類の栽培に適しており、大鹿産の大豆は、江戸時代から味の良さが知られていた。特に、大鹿村原産の「中尾早生《なかおわせ》」は、大鹿村中尾地区の泥質片岩《でいしつへんがん》の傾斜地の畑が産地の大豆である。美濃屋《みのや》豆腐店では、「中尾早生」で作った大鹿豆腐を売っている。店内で食べることもできる。「塩の里直売所」や道の駅「歌舞伎の里大鹿」では、大鹿産大豆の味噌、醤油をはじめ、地元産農産物の加工食品を販売している。

高知県西部の四万十町《しまんとちょう》大道《おおどう》には「豆腐の味噌漬け」がある。平家の落人《おちうど》の保存食とも言われ、落人伝説の残る山間地で昔から作られてきた。炭火であぶり、水分を飛ばした豆腐を特製味噌に漬け込むこと一か月で、クリームチーズのような食感の味噌漬けができる。四万十川の源流に近い津野町《つのちょう》の「豆腐の梅酢漬け」もある。豆腐の水分を紙で拭い、よくあぶってから梅酢に漬け込み一週間~一〇日寝かせる。薄く切って食べると、梅酢の刺激的な酸っぱさを、白いまま残った豆腐の旨みが包み込む。

他にも、昔から「縄で吊るせる豆腐」と言われている株式会社青木食品の「土佐の昔豆腐」がある。この豆腐は仁淀川《によどがわ》の地下伏流水を使用して軟水に変えて豆腐作りに使っている。高濃度の豆乳を使用した高知県の昔ながらの製法で作った堅豆腐《かたどうふ》で、一丁四五〇グラムと表示してある。豆腐ステーキにして食べるのがいい。

高知の豆腐作りは、長宗我部《ちょうそかべ》氏が豊臣秀吉の命令下、朝鮮出兵を行った際に連れて帰った朝鮮の武将一族が伝えた製法である。高知市の唐人町《とうじんまち》から伝わった。

宿坊に深層水の新豆腐

尾池和夫

落花生《らくわせい》

〈南京豆《なんきんまめ》〉晩秋　植物

落花生は南京豆、ピーナッツともいう。南米原産とされる。最も古い出土品は、ペルーのリマ近郊の紀元前二五〇〇年以前の遺跡から出たもので、大量の殻《から》である。

一六世紀のスペイン人修道士の記録によれば、アステカ族は落花生を食糧ではなく薬としていた。カリブ海の島々でも落花生が栽培され重要な食糧とされていた。大航海時代、ヨーロッパに落花生が紹介されたが、土の中でできるため豆類の常識と違う奇妙な存在として受け入れられなかった。南米以外に落花生の栽培が広がったのは一六世紀中頃であった。日本へは、東アジアを経由して江戸時代に持ち込まれたとされる。

落花生は一年草で、地中で豆果《とうか》を実らせる。「地下結実性」という。花が落ちて地中で実を生むことからその名が付けられた。日本の地方名では、沖縄県の地豆（ぢまめ、ぢーまーみー）、唐人豆《とうじんまめ》、異人豆《いじんまめ》、鹿児島県のだっきしょ、長崎県のドーハッセン、ローハッセン、高知県の底豆《そこまめ》などがある。

千葉県では、収穫した落花生を乾燥させるために円筒状の野積《のづ》みを作る。「ぼっち積み」「豆ぼっち」「落花生ぼっち」などと呼ぶ。秋の収穫期の畑に、たくさんの「ぼっち」が並び、独特の景観を作る。ぼっちによる乾燥は、産地での栽培経験から生み出された日本独自のものである。

花期は九月で、生薬としても用いられる。薬用部位は種子、地上部、種子を搾った油で、乾咳《からせき》、脚気《かっけ》などの症状には生の種子を粉末にして煎じて服用する。打撲傷《だぼくしょう》には地上部を煮詰めた液を患部に塗布する。落花生油は火傷《やけど》や凍瘡《しもやけ》などに外用する。生薬名として落花生《らっかせい》、落花生枝葉《らっかせいしよう》、落花生油《らっかせいゆ》がある。成分は、種子に脂肪油、サポニン、ビタミンがある。

テレビのクイズ番組で、節分の豆まきに大豆をまく地域と、落花生をまく地域があるということを知った。北海道から東北地方、宮崎県、鹿児島県では落花生をまく。京都府、高知県、静岡県では大豆である。落花生の産地である千葉県では大豆をまき、大豆の産地の北海道では落花生をまく。

南京豆黙つて坐りひとつかみ　加藤楸邨

天に咲き大地へもぐり落花生　尾池和夫

芋《いも》

〈里芋《さといも》・親芋《おやいも》・子芋《こいも》・八頭《やつがしら》・芋《いも》の葉《は》・芋畑《いもばたけ》・芋水車《いもずいしゃ》〉三秋　植物

◆馬鈴薯《じゃがいも》〈馬鈴薯《ばれいしょ》〉初秋　植物

里芋は、親芋の周りに多くの子芋が付く。皮付きの子芋を茹がいたものを「衣被《きぬかつぎ》」と呼ぶ。親芋と小芋が合体した、不整形な大きな芋のことを「八頭《やつがしら》」と呼ぶ。茎の地下部分（塊茎《かいけい》）と、葉と茎との間の部分である葉柄《ようへい》を食用にする。

葉柄が食べられる「芋茎《ずいき》」としては赤《あか》芋茎があり、別種の蓮芋《はすいも》の茎も芋茎として流通する。高知では蓮芋を「りゅうきゅう」と呼ぶ。茎の部分を食べる里芋の種類で、独特の食感である。野菜として販売されている茎は品種改良したものだが、それ以外の里芋の茎を食べると強いえぐ味があるので注意が必要である。

里芋は日本では稲よりも早く、縄文時代後期に伝来したと考えられる。伝統行事に用いられ、とくに月見の供え物として芒《すすき》、団子とともに欠かすことができない。野生化したものがあり、長野県青木村の弘法芋《こうぼういも》群生地は県指定天然記念物である。地方独自の品種や特産があり、秋田県横手《よこて》市山内《さんない》地区の「山内いものこ」、岐阜県中津川《なかつがわ》市の旧加子母《かしも》村の「西方《にしがた》いも」などがある。

馬鈴薯は、一六世紀末にジャカルタから日本に渡来したので「ジャガタライモ」と呼ばれた。それを略して「ジャガイモ」である。また江戸時代後期には、北海道のアイヌも栽培した。寛政年間に探検家の最上徳内《もがみとくない》が現在の洞爺湖《とうやこ》町虻田《ちょうあぶた》地区に種芋を持ち込み、地域のアイヌが栽培したのが、北海道でのジャガイモ伝来だと言われる。

大小多数の塊茎を澱粉の原料や料理に使う。栽培が容易で保存がきく野菜として扱われる一方で、主食にもなる食物である。ビタミンCやカリウムなどの豊富な栄養を含むのが特徴である。ただし発芽した芽や光に当たって緑色になった皮などは有害物質を含むので、調理の時には取り除くことが必須である。

八頭いづこより刃を入るるとも　飯島晴子

馬鈴薯の湯気立ててゐる野分かな　岸本尚毅

枝豆《えだまめ》

〈月見豆《つきみまめ》〉三秋 生活

熟しきってない大豆や黒豆を塩茹でして食べるのが枝豆である。店では、生ビールとセットで注文することになるが、ビールは三夏（166-167頁）、枝豆は三秋。セットで六か月、抜群の組み合わせを楽しむことになる。枝付きのまま茹でるので枝豆という名が付いた。団子や里芋とともに十五夜に供えることもあり（「芋」100-101頁）、「月見豆」ともいう。

大豆には日長《にっちょう》が短くなると花芽《はなめ》ができる短日性の秋大豆と、日長には影響を受けない夏大豆があり、枝豆は後者である。実りが秋までかかる晩生種を成熟させて大豆とするのに対して、早生種の未成熟な果実を夏に枝豆として収穫する。日本では主力品種である「錦《きん》秋《しゅう》」などがある。

じつは、枝豆を食べる習慣は日本以外にはほとんどない。日本で枝豆が出回る前、三〜五月にかけて台湾から生鮮の枝豆が輸入される。冷凍枝豆は中国、台湾、タイから大量に輸入され、国内生産量約七万トンに対して約六万トンが輸入されている。

丹波の黒豆の枝豆は、一〇月中旬の二週間しか収穫できないので、幻の枝豆と言われる。多くの農家が二年間隔で黒豆を植えるが、四年間隔を守って無農薬という農家もある。「紫ずきん」というのは丹波黒大豆を品種改良して生まれた枝豆で、京都府だけで作られている。一般的な黒豆よりも早生型のために早く、九月には収穫できる。

「だだちゃ豆」は、枝豆用として栽培される大豆で、山形県庄内《しょうない》地方の特産品である。越後から庄内に伝わった品種を選抜育成したものと言われる。

農林水産省選定「農山漁村の郷土料理百選」で選ばれた宮城県の郷土料理に「ずんだ餅」がある。「ずんだ」というのは枝豆で作られる緑色の餡を指す。茹でた枝豆の甘皮を取り除き、すり鉢でつぶしたものに砂糖を加え、塩と水で味を調えたものである。それを搗きたての餅にからめた郷土菓子で、美味しい。米どころの宮城県には餅料理が五〇種類以上あると言われているが、中でもこの風味豊かなずんだ餅は人気が高く、ずんだのクレープやシェイク、アイスクリームなどの派生した甘味も多くなっている。

（カラー140頁）

枝豆や不肖の弟子も弟子のうち　安住　敦

枝豆をつまむ幼児と晩酌す　矢島渚男

菊《きく》

〈菊《きく》の花《はな》・白菊《しらぎく》・黄菊《きぎく》・大菊《おおぎく》・小菊《こぎく》・初菊《はつぎく》・厚物咲《あつものざき》・懸崖菊《けんがいぎく》・菊畑《きくばたけ》〉三秋 植物

◆菊膾《きくなます》 三秋 生活

菊は観賞用として最も親しまれている花の一つである。食用菊も分類学的には観賞用の菊と同じ種である。もともと観賞用に栽培されていたものを食べてみたら美味しかったので食用になったものが多い。観賞用の菊との境界は単なる味である。

食べる際はおひたしなどに調理する。刺身のつまにする「つま菊」は、黄色の小輪の花で苦味が強く通常食べないが、食用菊として扱われている。

食用菊は東北地方と新潟県で食べられており、収穫量もこれらの地域で多い。なかでも山形県の生産量が最も多く、ついで青森県、新潟県の順である。統計上の食用菊の一位は愛知県であるが、これはつま菊である。

「阿房宮《あぼうきゅう》」は青森県と岩手県で栽培される明るい黄色の平弁《ひらべん》の菊で、由来にはいくつかの説があるが、秦《しん》の始皇帝が菊を愛でた宮殿の名前からきているとされる。江戸時代に観賞用に栽培されていたもので、干し菊（菊海苔《きくのり》）として加工される。

「湯沢菊《ゆざわぎく》」は秋田県湯沢地方で栽培される、橙色を帯びる黄色の平弁の菊である。

「もってのほか」という菊は山形県で、「かきのもと」は新潟県で栽培されている紫色、管弁《くだべん》の菊で、地方により「延命楽《えんめいらく》」（山形県庄内《しょうない》地方）、「おもいのほか」（新潟県長岡《ながおか》地方）、「かしろ」（山形県置賜《おきたま》地方）などの名称で呼ばれるものがある。いずれもシャキシャキした歯ざわりが特徴で美味しい。黄菊は食用菊の産地で広く栽培されているが、紫色の食用菊が栽培されているのは、山形県と新潟県だけである。

「金唐松《きんからまつ》」は、その名の通り黄金色の極細弁《ごくさいべん》の菊で、収穫量は少ないが食味が良い。「紫唐松《むらさきからまつ》」は紫色、管弁の菊で、開花期が遅く気温の低下する時期に咲くので、花色が濃く鮮やかに出る。

滋賀県には「坂本菊《さかもとぎく》」がある。地理的な特異性もあるが、花びらの形は先が切れ込んだ筒型をしており、普通の菊とはかなり変わった形をしている。

おもひのほかもつてのほかの菊畑　　尾池和夫

鮭《さけ》

〈初鮭《はつざけ》・秋味《あきあじ》・はららご・鮭漁《さけりょう》・鮭打《さけう》ち・鮭小屋《さけごや》〉三秋 動物

◆塩鮭《しおざけ》〈新巻《あらまき》・荒巻《あらまき》・塩引《しおびき》〉三冬 生活
乾鮭《からざけ》〈干鮭《からざけ》〉三冬 生活

鮭は「白鮭《しろざけ》」「秋鮭《あきざけ》」「秋味《あきあじ》」などの呼び名がある。「犬鱒」「めじか」「時知らず」などとも呼ばれ、岩手では「南部鼻曲り鮭《なんぶはなまがりざけ》」「ぶな」という名もあるが、これは河川に遡上したものを指す。「時知らず」は産卵期以外の時期に取れる季節外れの鮭を呼ぶ。産卵のために疲弊していないので、旬のものより美味いとも言われる。

江戸幕府（松前藩）によるアイヌ統治時代、昆布と鮭はアイヌ民族から和人への重要交易品目であった。後に鮭の回帰性《かいきせい》に着目した越後国村上藩（現在の新潟県村上市）の下級武士、青砥武平治《あおとぶへいじ》は、一七六三（宝暦一三）年に「種川《たねがわ》の制」を敷き、三面川《みおもてがわ》に鮭の産卵場所を設置した人工川を設けて、鮭の自然増殖に努めた。

その越後村上では「千年鮭《せんねんざけ》」が知られており、村上市には一〇〇種類にのぼる鮭の料理が伝わっている。とりわけ鮭の塩引きが代表的な一品である。粗塩を引き、塩漬けにした後、北西の冷たい風にさらして三週間ほど干す。その間、アミノ酸発酵が進み、鮭が熟成されて新巻鮭《あらまきざけ》にはない味わいになる。村上の大晦日《おおみそか》の祝い膳で年取り魚《としとざかな》となる。

北海道の熊は鮭を食べる。最近の調査では、北海道の熊の食料に占める鮭の量が、カナダの熊よりも少ないということが判明した。熊が食べ残して捨てた鮭の死骸は、森を豊かにする栄養分となっている。熊は海洋性の栄養素を、鮭の体組織という形で川沿いの森林地帯に運び込んでおり、これが動植物の生命維持に役立っている。

鮭を研究している東京大学の福永真弓さんは、その母川《ぼせん》回帰について「わざわざ人間のいる地域に寄ってくる。たぶん縄文時代の人々は、毎年のようにサケがやってくるのは奇跡のように受け止めていたと思います。一年で最も食糧が少ない季節に大きなタンパク質の塊が自らやってきてくれるわけですから。東北には、先頭のサケが『今年も来たぞ来たぞ！』と言いながら川を遡上してくるという民話があります」と語っている。

大岩に鑿《のみ》の跡ある鮭の川

尾池和夫

虫《むし》

〈虫《むし》の声《こえ》・虫《むし》の音《ね》・虫集《むしすだ》く・虫時雨《むししぐれ》・虫《むし》の秋《あき》・虫《むし》の闇《やみ》・昼《ひる》の虫《むし》・すがれ虫《むし》〉三秋　動物

虫は秋の動物の季語の中でも中心的な存在であるが、ほとんどの俳人は昆虫を詠んでいる。その「声」に注目する句が多い。虫の音を楽しむことがブームとなったのは江戸時代である。それ以来、世界的に見ても特異な文化として発展してきた。江戸では年中行事として「虫聴《むしきき》」が楽しまれてきた。お茶の水や巣鴨などが虫聴名所である。また「虫売り」という商売も登場した。それぞれの昆虫の名前も別途、季語になっている。

昆虫は秋に限らず、四季を通して季語として登場する。春の代表は蝶であるが、夏の蝶、秋の蝶、冬の蝶としても詠まれる。蜂は夏の季語で、秋の蜂、冬の蜂も詠まれる。

昆虫は多様な節足《せっそく》動物の中でも、特に陸上で進化したグループである。ほとんどの種は陸上で生活している。水中で生きる昆虫は水生（水棲）昆虫と呼ばれ、陸上で進化した祖先から二次的に水中生活に適応したものと考えられている。国立科学博物館によると、二〇一八年時点で知られている昆虫は約一〇〇〇万種で、確認されている生物種の半分以上を占めるという。

日本では昆虫食はまだ一般的ではないが、蝗《いなご》は佃煮として全国的に食べられている。その他、蜂、蟬、源五郎《げんごろう》などが食用にされている。水生昆虫の幼虫はまとめて「ざざむし」と言われる。商品として売り出されたものは、二〇〇八年時点で、蜂の子、蝗の缶詰はともに一トン弱、蚕《かいこ》の蛹《さなぎ》が三〇〇キロ、繭子《まゆこ》（蚕の蛾《が》）が一〇〇キロ、ざざむしが三〇〇キロ製造されたという。長野の蜂の子の佃煮は、郷土料理として名物になっている。

長野県の蜂の子は雀蜂《すずめばち》の幼虫、蛹である。特に黒雀蜂《くろすずめばち》がよく食べられている。蜂の巣から幼虫などを取り出すため、蜂の巣を見つけなければならない。「蜂追い」といい、蜂に目印を付けて巣に戻っていくのを追って捕っている。巣が作られた初期の段階で捕って持ち帰り、育てるといった方法もある。

世界的には田鼈《たがめ》、蟻《あり》、甲虫《かぶとむし》などの幼虫を食べる文化を持つ国や地域、民族が多い。亜熱帯から熱帯地域においては昆虫食の文化は普通に根付いている。昆虫は蛋白質やミネラルを豊富に含む。家畜に比べ飼料の転換効率が良い。国連食糧農業機関は、将来重要な食料になると示している。

メキシコでも南部の、メキシコシティから南西に車で三時間ほど行ったタスコでは「Día

del Jumil」（フミルの日）という祭があり、フミルつまり亀虫を食べる習慣がある。強烈な匂いがあるという。この日には山から採取してきた亀虫を、ククルチョという紙のコーンのような入れ物にたっぷり入れて路上で売るのが伝統的な光景であるという。

薬材としての役目もある。中国の『本草綱目《ほんぞうこうもく》』には、多種の昆虫が記載されており、シナゴキブリは、「䗪虫《しゃちゅう》」の名で、血行改善作用があるとされている。薬酒の原料として雀蜂、蟻、冬虫夏草《とうちゅうかそう》などがある。冬虫夏草は、昆虫の幼虫に寄生した菌が成長したものである。昆虫そのものではないが、蟬の抜け殻は蟬退《せんたい》と呼ばれて、解熱や鎮静、鎮痙《ちんけい》などに用いられている。

俳句でも、虫を「食べる」作品はほとんどないが、蜂の子だけは食べるという視点のものがある。私はご飯の上に蜂の子の佃煮を載せて食べる。蜂の子は三春の季語である。蜂蜜は季語ではないが、四季を通じてもちろん大好物である。

虫の音の訴ふるとも諭すとも　西村和子
蜂の子を食べて白骨泊りかな　野見山朱鳥
明けまだき北京郊外虫すだく　尾池和夫

冬と年越・新年

- 蒟蒻掘る　大根
- 寒卵　鰰
- 牡蠣　蜜柑
- 切干　焼藷
- 鮫　喰積
- 炭　餅搗

蒟蒻掘る《こんにやくほる》

〈蒟蒻玉掘る《こんにやくだまほ》・蒟蒻干す《こんにやくほ》・蒟蒻玉《こんにやくだま》〉初冬 生活

◆蒟蒻《こんにやく》の花《はな》 初夏 植物

蒟蒻は独特の食感を持ち、いったん凝固させたものは水溶性を持たず、強い弾力を示す。非常にカロリーが低く、三〇〇グラム（一枚）あたりで二一キロカロリーである。蒟蒻のおでんに二グラムの練り辛子を付けた場合、練り辛子の方がカロリーは高い。

蒟蒻を食用とする地域は、日本、中国、ミャンマーなど、アジア各国である。中国の貴《き》州《しゅう》省、雲南《うんなん》省、四川《しせん》省など、少数民族が多い地域でよく食される。それらの地では「魔芋」「魔芋豆腐」という名称のほうが一般的である。

蒟蒻の生産量、全国トップの群馬県では、蒟蒻料理が豊富である。定番のおでんや刺身の他、蒟蒻アイスも食べる。その他、味噌漬け、湯葉蒟蒻、枝豆蒟蒻豆腐など、土産品も豊かである。低カロリーで食物繊維の豊富な蒟蒻は、ヘルシー食材としても人気が高い。

歯応えがあり、味もしみ込みやすいので手軽で扱いやすいのも魅力だろう。

コンニャクイモはサトイモ科で、扁平《へんぺい》な円形の地下茎があり、地上には葉だけを出す。茎（実は葉柄）は高さ一メートルほどに伸び、先端は平らに開いて鳥足状《とりあしじょう》に小葉を付ける。小葉は柔らかくて、つやがあり、楕円形。株は次第に大きくなるが、ある程度大きくならないと花は付かない。栽培下では五〜六年で開花する。開花する時には葉は出ず、また開花後に株は枯れる。花は全体の高さが二メートルほどにもなる。花全体は黒っぽい紫で独特の臭いを放つ。果実は水分の多い液果《えきか》である。

原産地はインドまたはインドシナ半島（ベトナム付近）とされ、東南アジア大陸部に広く分布している。近縁種の山蒟蒻《やまこんにゃく》が、日本の四国南部から九州、南西諸島、台湾に自生している。猪や猿などの採食試験の結果から、蒟蒻芋《こんにゃくいも》は野生獣にとって嗜好性が低い植物とされている。

蒟蒻を掘り散らしたる遠嶺かな　古舘曹人

蒟蒻掘る河岸段丘上位面　尾池和夫

寒卵《かんたまご》

〈寒玉子《かんたまご》〉晩冬 生活

卵に関する「食べる」季語はほとんどない。寒卵の他には「玉子酒」(三冬) くらいだろう。晩春 (行事) の「染卵《そめたまご》」は食べるための卵ではない。食べる卵以外では、「産卵」という現象は季語の中にたくさん出てくる。金魚《きんぎょ》、柳葉魚《ししゃも》、鱈《たら》、山椒魚《さんしょううお》の産卵などである。

季語の「寒卵」は、寒中の鶏卵のことで、寒の卵は滋養があると言われている。割ると黄身が盛り上がり、いかにも美味しそうである。寒にこれを食べれば、すぐ春がやってくるような気になる。食べ物はすべて命をいただくものであるが、寒卵はことさらにその感が強いことによって季語とされている。

暦を春から始めるとすると、最後は立春の前日である。二十四節気《にじゅうしせっき》の最後は大寒《だいかん》で、寒さが最も厳しくなる。大寒は七十二候の款冬華 (かんとうはなさく) から始まる。蕗の薹の蕾が出始める候で、次が水沢腹堅 (さわみずこおりつめる) で沢の氷が厚く張る候、そして一月三〇日～二月三日頃が鶏始乳(にわとりはじめてとやにつく)である。「とや」は「鶏屋」で、鶏を飼っている小屋のこと、「とやにつく」は鶏が卵を抱いて巣に籠ることを意味している。現在、鶏卵は完全に生産管理され、季節を問わず供給されているので季節感がなくなってしまった。自然な状態であれば、冬の鶏はほとんど卵を産まなくなる。それが久しぶりに卵を抱いている姿を見ると、昔の人々は長い冬が終わることを悟った。きっと大きな喜びであったことだと思う。

鶏卵の卵黄の色は、薄いクリーム色から濃いオレンジ色まである。飼料に含まれるカロテノイドが卵黄へ移行する量で色が決まる。鶏の餌にカロテノイド含量が多いトウモロコシを与えると黄身が濃くなる。日本では色の濃いものほど栄養価が高いという誤解が強く存在する。

一九四七（昭和二二）年、ニューヨークと上海と東京で、中国の古書をもとに卵を立たせるための大がかりな実験が行われた。そのことは、中谷宇吉郎《なかやうきちろう》『立春の卵』にくわしい。この場合の立春は、場所によって異なった時刻であり、実際に卵が立ったという記事が新聞に載った。

立春の卵ほめては立たせけり　尾池和夫

牡蠣《かき》

〈真牡蠣《まがき》・酢牡蠣《すがき》・牡蠣飯《かきめし》〉三冬 動物

◆牡蠣剝《かきむ》く〈牡蠣割《かきわ》る・牡蠣打《かきうち》・牡蠣小屋《かきごや》〉三冬 生活
牡蠣船《かきぶね》 三冬 生活

天然の牡蠣は海岸の岩礁に付着しており、「牡蠣打」は牡蠣を手鉤《てがき》で取ることである。「牡蠣船」「牡蠣剝く」「牡蠣鍋」など、関連季語も多い。

牡蠣の名は、岩から「搔き落とす」というのが由来であろう。世界の各地で食用とされ、薬品、化粧品、建材などにも利用する。殻は、炭酸塩鉱物《たんさんえんこうぶつ》の方解石《ほうかいせき》を主成分とし、岩や他の貝殻など硬質の基盤に着生する。筋肉が退化し、内臓が多くを占める構造となった。真牡蠣は干潮《かんちょう》時には水面に露出する場所に住む場合も多く、体内にグリコーゲンを多く蓄えているため、他の貝と違って水が無い所でも一週間程度は生存する。船底の大敵でもある。

約二億九五〇〇万年前のペルム紀に出現し、極地を除いて分布する。「オイスター」

(oyster) という英語名は、さらに広義で岩に着生する牡蠣に似た貝のことを指す。京都市の二条城の北側で深層ボーリングのコア（地層を掘って採取した岩石）に牡蠣の殻が入っていた。その地層の時代には京都盆地に海が入ってきていたことがはっきりする。

美味しい牡蠣が養殖で生産される。日本では筏《いかだ》方式が多く、牡蠣の幼生《ようせい》が浮遊し始める夏の始め、帆立の貝殻を筏で海に吊るす。それに幼生が付着し、豊かな海に放置しておくと育つ。畠山重篤《はたけやましげあつ》『森は海の恋人』は、豊かな汽水域《きすいいき》（淡水と海水の推移帯）の恵みは森があってこそという信念から、山に木を植え始めた一九八〇年代からの記録である。

気仙沼《けせんぬま》の唐桑《からくわ》半島は山々に囲まれ、いい漁場である。半島の西側の、内海の穏やかな海面一帯には、牡蠣や帆立貝の養殖筏が広がっている。養殖筏の見学の後に、牡蠣小屋では豪快に鉄板焼きし、大粒の牡蠣で海の味を楽しむ企画もある。

高知市帯屋町《おびやまち》の居酒屋「山岡」では土佐の味を用意してくれるが、桂浜《かつらはま》の磯に素潜りで採ったという牡蠣を生で食べた時の味が忘れられない。殻もずいぶん大きかった。

（カラー145頁）

広島や市電に牡蠣の桶持ちて　星野立子

生牡蠣は「壱縁」銀座六丁目　尾池和夫

切干《きりぼし》

三冬 生活

生の皮付き大根の根には可食部の一〇〇グラム当たりにカルシウム二四ミリグラム、カリウム二三〇ミリグラム、葉酸《ようさん》三四マイクログラム、食物繊維一・四グラムなどの栄養があるが、同じ重量の切干大根には、カルシウム五〇〇ミリグラム、カリウム三・五グラム、葉酸二一〇マイクログラム、食物繊維二一・三グラムなどが含まれる。干されて栄養が凝縮している。切干を細く切って戻し汁とともに研いだ米に入れ、人参、生姜、ツナなどと炊き込み、小葱を散らすと、栄養価の高い炊き込みご飯ができる。

切干大根は大根を細長く薄く切って乾燥させた乾物で、西日本では「千切り大根」とも呼ぶ。京都では「軒《のき》しのぶ」と呼ぶ人もいる。秋の終わりから冬にかけて収穫した大根を細切りにし、広げて天日干しにする。寒さが厳しいほど良質なものになる。戻す時間が短く灰汁が少ないため扱いやすい。水で戻すと重量は約四倍になる。

切る太さ、脱水方法で種類分けされる。縦四つ割にしたものは割り干し大根、茹でて干

した ゆで干し大根、寒風《かんぷう》と氷点下になる気候を活かした凍《し》み大根、寒干《かんぼ》し大根などがある。いずれも乾物なので常温保存が可能だが、夏季には茶色く変色してしまうため春過ぎには冷蔵庫に保存する。軽く洗ってから水に漬けて戻し、醤油、酢、ポン酢などで食べる。煮物などの料理にも使う。

「花切大根《はなきり》」と呼ばれるものは、縦割りにして乾燥させた大根を薄く切った形が桜の花びらに似ていることによる。例えば、徳島県特産の花切大根は、横の断面が扇形になるように数本に縦割りしてある。長いまま天日乾燥し、細かく裁断した後に機械乾燥する。煮ても歯応えが残り、普通の切干大根とは一味違う食感である。花切大根に加工される前の大根は、延べ一か月以上も天日乾燥され、仕上げるまでに日数が掛かる。三〇分ほど水で戻すと、名前の通り花びらのような形になる。

大分県の姫島《ひめしま》では家の塀に薄く削った大根がたくさん干してあるが、それを「干しかぶ」と呼んでいる。

切干のよき日向ある薬師かな　大峯あきら

姫島は干しかぶといひ大根干す　尾池和夫

鮫《さめ》

〈鱶《ふか》〉三冬 動物

鮫は約四億年前の古生代デボン紀に生まれ、あまり大きく変化しておらず、「生きた化石」と呼ばれることがある。淡水との親和性が高い。世界中の海に広く分布し、一部の種は汽水域（117頁）、淡水域にもいる。深海性の鮫も知られている。最も大きいのは甚平鮫《じんべえざめ》で、全長一四メートルにもなる。最小のものは全長二二センチのツラナガコビトザメや、全長二〇センチのペリーカラスザメがある。「ワニ（和迩）」や「フカ（鱶）」の呼び名が使われることもある。

獰猛で危険な生物という印象が強く、人を殺傷する被害も多い。船が沈没して襲われたり、海水浴場など人のいる沿岸域に鮫が現れた場合などがニュースになる。ただし、人に危害を加える恐れのある鮫は約三〇種と言われ、鮫全体の一パーセント以下である。

鮫の肉は蒲鉾やはんぺんなどの魚肉練り製品に加工される。低カロリー、低脂質、高蛋白質で、骨はすべて軟骨質である。子どもから老人までに適した食材である。鮫は体液の浸透圧《しんとうあつ》調節に尿素《にょうそ》を用いているので、鮮度が落ちるとアンモニア臭が発生する。鮪《まぐろ》の延縄《はえなわ》漁《りょう》の外道《げどう》として水揚げされる鮫を有効利用するため、中華料理の鱶鰭《ふかひれ》に加工して中国に輸出する。

広島県三次《みよし》市などの備北《びほく》地域は、海から遠い山間部であるため、輸送できる海の魚として鮫が使われ「ワニ料理」と呼ばれている。主に刺身で食べるが、最近ではワニバーガーやワニ丼などがある。

高知県には「ふか鉄干《てつぼし》」という干物が昔からあり、私もよく食べた。子どもから大人まで人気がある。土佐《とさ》湾で獲れたフカ（鮫）を天日干しした名物干物である。切身一切れが約一〇センチほどの長さの長方形に仕上げてある。表面はからっと乾燥し、中身はしっとりとしているのを選ぶ。天日干しで表面をじっくり干し、中まで干しあがる直前に取り込んだ品がいい。

かつぎ来る大鮫の歯の恐ろしき　皆川盤水
雪の夜棒鮫むつちりと煮えぬ　矢島渚男
板子一枚下は地獄よ撞木鮫《しゅもくざめ》　尾池和夫

炭《すみ》

〈炭火《すみび》・燻炭《いぶりずみ》・跳炭《はねずみ》・炭の尉《すみのじょう》・埋火《うずみび》・枝炭《えだずみ》・堅炭《かたずみ》・備長炭《びんちょうたん》・佐倉炭《さくらずみ》・桜炭《さくらずみ》・火消壺《ひけしつぼ》・消炭《けしずみ》・炭斗《すみとり》・炭籠《すみかご》・炭俵《すみだわら》〉三冬 生活

炭の季語にはたくさんの傍題がある。このこと自体が、日本人と炭との関わりの深さを示している。生活の中でさまざまな形において、炭の存在が大きい。

「炭焼」の季語が三冬にある。その原理は木材を不完全燃焼させて高純度の炭素を得るというもので、山林に近い農村での伝統的な炭焼の方法では、木材を高密度に、大きな円《えん》錐状《すいじょう》に組み上げ、断熱材として藁《わら》と土を使用して吸気《きゅうき》と排気《はいき》の穴以外の全面を固めて密封状態にして着火し、十分高温になったら吸気の穴を絞って酸欠状態にする。放置して不完全燃焼させると、炭素以外の物質が揮発《きはつ》する。そして純粋な炭素が残る。

創業一八九四（明治二七）年の竹虎《たけとら》株式会社 山岸竹材店は、竹材専業の会社である。狭い谷間で成育する虎斑竹《とらふだけ》を、筍が生えてから伐採にいたるまで薬剤や化学肥料を一切使用せずに育てる。食べるための竹炭パウダーも売っている。その竹虎が作る「大粒竹炭豆」

を取り寄せて食べる。落花生に竹炭パウダーをたっぷりとコーティングした大粒の豆菓子である。竹炭パウダーは高温の土窯《つちがま》で焼き上げた竹炭を、ギャザーミルという微粉砕機《びふんさいき》で微粉末にした食品添加用の竹炭粉である。

竹材料は、炭化度のばらつきを無くすため、割りそろえて約三か月間自然乾燥させ、竹材含水率を調整する。竹炭は土窯で焼かれる温度によって、その性質が大きく変わる。調湿用（除湿や湿度調整）の場合は多くが低温で焼かれ、食用竹炭の場合は八〇〇度以上の高温で焼かれたものでなければならないという。低温で焼いたものは、デトックス効果やミネラル補給といった竹炭ならではの効果が期待できない。

炭化と焦げとは異なる。ご飯を炊いてできるお焦げは風味を大変良くする。メイラード反応によりお焦げの部分にメラノイジンが生成されるからである。加熱で摂氏二〇〇度を超えると、炭化を起こし、蛋白質は異臭を発する。食肉を高温で調理して焦がすと一部の成分が「発がん物質」に変化することがわかっている。アミノ酸、糖質、クレアチンなどが化学変化したものと考えられており、肉を高温で長時間調理した時にだけできる。

（カラー144頁）

炭焼や山に入るとき鬼めくと　尾池和夫

大根《だいこん》

〈大根《だいこ》・大根《おおね》・青首大根《あおくびだいこん》・大根畑《だいこんばたけ》・大根畑《だいこばた》〉三冬 植物

◆大根《だいこん》の花《はな》〈花大根《はなだいこん》・花大根《はなだいこ》〉晩春 植物

食べるための「大根」の季語は多い。季節ごとに、「春大根《はるだいこん》」は仲春、「夏大根《なつだいこん》」は三夏、「貝割菜《かいわりな》」は仲秋である。大根の食べ方も季語になる。「沢庵《たくあん》」は初冬、「切干」（118-119頁）、「風呂吹《ふろふき》」は三冬で、いずれも生活の季語である。また、食べるための準備も季語になっており、「大根引《だいこんひき》」「大根干《だいこんほ》す」は初冬、「大根洗《だいこんあら》ふ」は三冬で、これらも生活の季語である。古くは「大きな根」の意味で「おほね」と呼び、「大根」の字を当てていた。それが音読されるようになった。春の七草では「清白《すずしろ》」と呼ばれる（「七種」224-226頁）。

大根の野生種は見つかっておらず原産地も不明である。日本には弥生時代からある。江戸時代前期にはすでにいくつかの品種と栽培法が成立、確立していた。保存食としても重要で、漬物や切干などの加工法が地方ごとにできて、季語になっている。

色が白く首が青い「青首大根」が日本で最も多く出ている品種である。季節を問わず収穫できるようにした品種で、作付面積の九八パーセントを占める。辛みが少なく甘みが強い。地上に伸びる性質が強いので収穫作業が楽である。

根茎部《こんけいぶ》は、約九五パーセントが水分で、炭水化物が少量含まれるだけ、蛋白質や脂質もわずかである。貝割れ大根は、ビタミン、ミネラルが豊富な緑黄色野菜である。

消化不良、食欲不振には、大根おろしの汁を盃一杯飲む。二日酔い、発熱、吐き気、胃弱の時は、皮付きで大根おろしを作り二〇〇CCほど食べると良い。喉の痛みにはおろし汁でのうがいが良い。大根は食当たりしないので、当たらない役者を「大根役者」と呼ぶ。

「大根《だいこ》焚《た》き」は京都で冬に行われる行事であり、仲冬の季語である。寺院などで大根を煮たものを参拝者に振る舞う。由来は各寺により異なるが、冬に大根を煮て振る舞う点が共通する。塩で煮込んだだけのものから油揚げと共に醤油で煮込んだもの、煮込む前に大根に梵字を入れるものなどさまざまな形がある。日も異なっているから大根焚き巡りができる。

味噌たれてくる大根の厚みかな

辻 桃子

鰰《はたはた》〈雷魚《はたはた》・鱩《はたはた》・かみなりうお〉三冬 動物

鰰は通常は水深五〇〇メートルの深海に住む魚である。海が荒れて雷鳴がとどろくような時に、産卵の一時期のみ大群で近海に現れるため、雷光の古語である「霹靂神《はたはたがみ》」の名から「はたはた」と呼ばれるようになった。別名「かみなりうお」である。その他にも「神魚」「雷魚」「神成魚」「波太多雷魚」「波多波多」「斑斑」などのように表記され、北海道、青森県、秋田県、新潟県など各地で呼び名も異なる。

鰰は三〇センチにもなる。胸びれが大きくて鱗がない。口は上を向き、側扁《そくへん》し、体高（腹部）が高く、背中に不定形の褐色の文様が散らばっている。鰓蓋《えらぶた》に五つの鋭い棘がある。

秋田県の沿岸中心に県内全域で「しょっつる鍋」が名物である。「しょっつる鍋」とは秋田に伝わる魚醤《ぎょしょう》の塩魚汁《しょっつる》を出汁にする鍋料理である。塩魚汁とは、魚を塩漬けにして一年以上溶けるまで寝かせたものを濾過《ろか》して旨み成分を取り出して作られ、おもに鰰を用いる。鍋の主な使用食材は、鰰、葱、豆腐、白菜、芹、水菜、茸である。鰰は一一～一二月に旬を迎え、秋田沖が日本で最も獲れる漁場でもあることから、秋田の冬のなじみの鍋とされている。上品な味わいの鰰の身とプチプチとした魚卵「ぶりこ」に、あっさりしたスープと塩魚汁の独特の風味は相性抜群で、まろやかなコクがある。

鰰漁は八森《はちもり》の岩館《いわだて》海岸が有名だが、にかほ市の平沢漁港でも盛んである。また、発祥の地である男鹿《おが》市では各家庭で食べるのはもちろんのことであるが、特産品として飲食店では冬には必ず提供する。

兵庫県、日本海但馬《たじま》地方では旧暦の新春二〜五月に揚がる鮮度抜群の鰰を使った干物がある。丁寧にわたを取り、表面のぬめりを取り去って干す。塩分濃度が低めだが、しっかり干しているので、ちょうど良い加減で食べやすい。脂ののった但馬地方の春の個体で作っているからこそ生まれる美味な品で、但馬名物である。丸松西上《まるまつにしがみ》商店（兵庫県香美町《かみちょう》香住《かすみ》区）で買える。

耳打ちはこの鰰の一尾の値　宇多喜代子

鰰のこの地の漁に三世代　尾池和夫

蜜柑《みかん》

〈蜜柑山《みかんやま》〉三冬 植物

柑橘類はミカン科ミカン亜科ミカン連のミカン属など、数属の総称である。日本で蜜柑というと温州《うんしゅう》蜜柑のことを指す。中国の浙江《せっこう》省温州地区が名産地であるため中国原産と思われがちだが、日本が原産地である。静岡県の温州蜜柑は、年間収穫量は一〇〜一三万トンで、隔年の差が大きい。浜松市は栽培が盛んな三ケ日《みっかび》町《ちょう》や細江《ほそえ》町《ちょう》、引佐《いなさ》町《ちょう》などと合併したため、収穫・出荷量ともに自治体として国内トップとなっている。

私は高知県の出身なので、「土佐文旦《とさぶんたん》」が地元から送られてくる。原木《げんぼく》は高知県農事試験場園芸部（現在の農業技術センター果樹試験場）の玄関にあった。高知県で栽培される土佐文旦は、この樹を母樹《ぼじゅ》として増殖したものである。原木は枯死したが、樹齢三〇年、幹の周囲六五センチ、樹高三・四メートルという記録が残る。果実の外皮は比較的薄く、種がたくさん入っている。果肉にはさっぱりした酸味と甘みがある。すっきりした味が楽しめる早春の産物で、二月が出荷の最盛期である。

ブッシュカン（仏手柑）はミカン科ミカン属の常緑低木で、高温多湿な気候でよく育つ。果皮が非常に厚く、果肉がほとんどない。果実の先端が尖り、皮が分かれて手の指を合わせている様な形をしており、名前の由来は「仏陀の手」である。酢橘《すだち》やカボス、柚子《ゆず》、檸檬《れもん》と同じ香酸《こうさん》柑橘類の一種で、シトロンの変種である。主に観賞用で用いられ、茶席の花に用いられることもある。正月飾りにする地域もある。食用にもするが身が少ないので、砂糖漬けなどの菓子にしたり、乾燥させたりして食べる。果実や花は漢方薬にも利用される。

静岡県立大学の薬草園のミカン科でも栽培されている温州蜜柑と橙《だいだい》、夏蜜柑は芳香性健胃薬として、胃腸薬に配合される。温州蜜柑の成熟した果皮を干したものが生薬の陳皮《ちんぴ》である。七味唐辛子に入っている。先人たちが考えた日本独特の香辛料である。食欲不振、消化不良の症状に良いとされる。

罪深げにも仏手柑の指の先　後藤比奈夫
武家屋敷より真清水へ朱欒《ざぼん》垂れ　飯田龍太
春の日や土佐文旦の種の数　尾池和夫

焼藷《やきいも》

〈焼芋《やきいも》・石焼芋《いしやきいも》・焼藷屋《やきいもや》〉三冬 生活

焼いた甘藷《さつまいも》である石焼藷を売る声には季節感がある。焼藷は栗（九里）に近い味ということで「八里《はちり》」、または「栗より（九里四里）うまい十三里《じゅうさんり》」ともいう。店では「焼芋」と表記される場合が多い。

藷《いも》が日本に伝わったのは一七世紀はじめで、中国から琉球へ、そして薩摩へ伝わった。西日本の大飢饉の折、薩摩では凶作でも収穫できたことから救荒食物として重要視された。それを八代将軍徳川吉宗の命で青木昆陽《あおきこんよう》が取り寄せて小石川御薬園《こいしかわおやくえん》で栽培した。

焼藷は江戸時代からある。当時、腰の高さほどある壺の中に炭を入れて、壺の内部の空気を熱して焼く中国伝来の壺焼方式が一般的であった。熱した石で焼く石焼藷は戦後、一九五一（昭和二六）年、三野輪万蔵《みのわまんぞう》によって考案されたと伝わっている。石焼藷は、壺焼に比べて短時間で大量の処理が可能である。三野輪はラーメン屋の経験を生かして道具をリヤカーに乗せて移動販売を行い、現在に至る原型となった。

冬の日に枯葉を集めて燃やす焚火《たきび》の最後に、藷を入れて焼く焼藷も楽しみの一つであった。最近は焚火が街中ではできない。

壺焼では遠赤外線の輻射熱を利用して低温で長時間かけて調理する。じっくり熱を加えられた藷は、澱粉の酵素分解が促されて甘味が強くなる。

この方法で焼くことによって、澱粉が酵素によって分解されて麦芽糖《ばくがとう》に変化するため甘くなる。酵素が活発になる温度は摂氏六〇〜七五度くらいで、八〇度を超えると酵素の力が弱まる。最近、軽トラックに載った壺が目新しく、人気が出ている。また、健康志向の追い風で焼藷ブームが到来している。原理を大切にすれば、フライパンでも炊飯器でも、またトースターやオーブンでも甘い焼藷を作ることができる。

「里むすめ」を洗って濡らしたキッチンペーパーで包み、さらにラップで包む。耐熱皿にのせて電子レンジで、大きな藷の場合には六〇〇Wで二分加熱し、さらに一五〇Wにして三〇分加熱する。小さな藷の場合には、六〇〇Wで一分加熱し、さらに一五〇Wで八分加熱し、串で刺してみて足りなければ一分ずつ追加加熱する。

（カラー144頁）

焼藷や古新聞に吾の顔　　尾池和夫

喰積《くひつみ》

〈重詰《じゅうづめ》・節料理《せちりょうり》・お節《せち》〉新年 生活

北海道では昔の風習がよく伝わっており、大晦日からお節料理を食べ始める人が多い。正月には大晦日に食べきれなかった分を食卓に並べ、年越蕎麦の残った出汁で雑煮を作る。北海道の気候から、お節料理の昆布巻きには鰊《にしん》、なますには鮭の軟骨の酢漬けである氷頭《ひず》が入る。鯛や海老が手に入らなかったので口取《くちと》りの菓子に模して食された。

大晦日には年取《としと》り膳《ぜん》が用意される。家族で豪華に食事をして歳神様《としがみさま》に一年の感謝を伝え、新しい歳神様を迎える。開拓が行われた江戸時代から明治にかけて各地から大勢の人が北海道へ移り、その人々が伝えた日本の伝統が残った。

私の祖父は高知県香美郡在所村《かみぐんざいしょむら》（現在の香美《かみ》市）の出身である。祖父母たちと住んだ家は、その頃在所村谷相《たにあい》という地名で、平家の落人が住みついたという歴史を祖父から聞いた。谷相の家で、年越しの行事は、まず大晦日の夕食に「お節」を食べることから始まった。除夜の鐘を聞くと年越蕎麦を食べ、元旦に屠蘇《とそ》を祝い、重箱《じゅうばこ》の正月料理と雑煮を食べた。やがてよその家では、お節料理が元旦の重詰のことと気づいて、わが家ではなぜ、大晦日の夕食が「お節」なのだろうかという疑問が生じた。

雑誌『サライ』の一九九九年一月号をめくっていて「各地に残っていた『おせち』の源、大晦日の祝い膳」という特集を見つけて、やっと長い間の疑問がとけた。「現在の『おせち料理』の原形ともいえる、各地の古き良き習慣と食文化を紹介する」とあった。

江戸期以前、一日の始まりは日暮《ひぐれ》で、新年も大晦日の夕方から始まった。だから新しい年を司る歳神様を迎える行事は大晦日の夕食から始まり、節句のうち最も重要な年越しの際の料理として「お節」と呼ばれるようになった。この特集にある高知県の例が、具は鯨《くじら》、人参、大根、牛蒡《ごぼう》、里芋、糸昆布、蒟蒻、味付けは薄口醤油と砂糖であった。私の家の「お節」も七種の具の煮しめであり、よく似ている。鯨ではなく鰤《ぶり》であったが、昔は私の家でも「大魚」は鯨であったのが、家族の好みに合わせて鰤に変わったような記憶がある。いずれにしても、伝わってきたこの習慣を、子どもや孫たちにもぜひ伝えたいと思っている。

食積に命惜しまむ志　石田波郷

歳神様迎へ大魚神饌に　尾池和夫

餅搗《もちつき》

〈餅《もち》・餅米洗《もちごめあら》う・餅搗唄《もちつきうた》・賃餅《ちんもち》・餅筵《もちむしろ》・餅配《もちくばり》〉年越 生活

◆雑煮《ぞうに》〈雑煮祝《ぞうにいわ》う・雑煮餅《ぞうにもち》・雑煮椀《ぞうにわん》〉新年 生活

餅は年越の用意をする中でも欠かせない暮らしの季語である。

鏡餅は、三種の神器の八咫鏡《やたのかがみ》を形取ったもので、八尺瓊勾玉《やさかにのまがたま》に見立てた橙《だいだい》、天叢雲剣《あめのむらくものつるぎ》に見立てた串柿《くしがき》を一緒に飾る。武家では、床《とこ》の間《ま》に具足《ぐそく》（甲冑《かっちゅう》）を飾り、鏡餅を供えた。譲葉《ゆずりは》、熨斗鮑《のしあわび》、海老、昆布、橙などを載せ、それを「具足餅」（武家餅）と呼んだ。

餅はさまざまな形で季語に登場する。季節順に見ていくと、鶯餅《うぐいすもち》、蕨餅《わらびもち》、草餅、桜餅、椿餅《つばきもち》が春（生活）の季語である。菱餅《ひしもち》は雛祭、彼岸餅《ひがんもち》は春の彼岸のお供えである。初夏には柏餅《かしわもち》がある。柏の葉は新芽が育つまでは古い葉が落ちないから、家系が絶えないことを意味する。葛餅《くずもち》も夏の季語である。関東では江戸時代後期、小麦粉を発酵させたものから作られた菓子が「くずもち」（久寿餅）と呼ばれるようになった。

晩秋には橡餅《とちもち》がある。灰汁抜きした橡の実を糯米とともに蒸し搗く。山村で重要な食糧であり、縄文時代から食べられた。灰汁抜きに半月以上の時間と高度な技術を必要とする。初冬には亥《い》の子餅《こもち》がある。亥の子（旧暦一〇月の亥の日）の亥の刻（二二時頃）に食べる。晩冬には水餅《みずもち》、寒餅《かんもち》がある。寒さが最も厳しい寒中に餅を搗き、約一か月、風にさらして乾燥させる。農家が保存用や農作業中のおやつとして作った。

そして正月には鏡餅をかざり、雑煮餅や花びら餅で祝う。

全国に雑煮文化の多様性がある。島根県の小豆を煮た雑煮、香川県のあんころ餅の白味噌仕立て、新潟県の鮭とイクラの親子雑煮、岩手県の胡桃《くるみ》だれを付けて食べる雑煮など、きりがない。文化庁が全国から募って「お雑煮一〇〇選」を選出した。奈良県では味噌仕立ての雑煮の中から少し焦げた丸餅を取り出し、別皿のきな粉をまぶして食べる。きな粉には豊作の願いが込められている。雑煮は、神にお供えをしてお裾分けを皆でいただく直《なお》会《らい》が起源と言われる。米の一粒一粒に神が宿り、その米を搗いた餅には神々の力が凝縮されている。当時の河合隼雄《かわいはやお》文化庁長官は「雑煮の背後にある物語こそ文化」と説いた。

搗きたての餅溶岩の如くあり　尾池和夫

東京の江戸雑煮

関東の広い範囲で食べられる雑煮で、鰹節と昆布の出汁、焼いた切り餅、鶏、椎茸、小松菜、人参、三つ葉の具、醤油と味醂《みりん》の味付けである。あっさりした味で、私の家でもこれを基本としている。

京都の白味噌雑煮

白味噌仕立ての雑煮で、鰹節と昆布の出汁、焼かずに煮込んだ丸餅が入る。具には里芋、金時《きんとき》人参、大根を丸く切って、家庭円満、事を丸く収めるという願いをこめる。白味噌の品質で味が決まる。

鳥取の小豆雑煮

煮た丸餅を小豆の汁に入れる。柔らかな丸餅を入れた善哉《ぜんざい》だと思えばいい。山陰地方の広い範囲で食べられる雑煮である。色が重要で、小豆の赤には邪気を払う力があり、縁起の良い色でもある。

画像出典：農林水産省Webサイト「うちの郷土料理」
https://www.maff.go.jp/j/keikaku/syokubunka/k_ryouri/index.html より

カラー「食」の季語アルバム

梅の花（上）**梅干し**（下）（紀州の梅林と梅干し店にて）

梅林は各地にあり、春を待ちかねて冬のうちから早咲きの梅を求めて山野に入っていくことを「探梅」という。そのときには一輪の梅でも詠むが、「一《ひと》目《め》百万《ひゃくまん》、香《かお》り十里《じゅうり》」の南部梅林のように、一面に咲き誇る梅に心動かされる。塩のみで漬けた昔ながらの梅干しには賞味期限はないが、最近の減塩ものや蜂蜜漬けなどにはある。梅干しが文献で初めて出てくるのは10世紀中頃で、村上天皇が梅干しと昆布茶で病を治した。

（I-春「梅」14-15頁）

アスパラガス（北海道勇払郡《ゆうふつぐん》安平町《あびらちょう》の竹葉農園にて）

特大で新鮮なグリーンアスパラガスを、私は北海道から直接送ってもらう。竹葉農園は胆振《いぶり》東部地震で被災しながらも懸命に再興し、最高の農産物を送り出している。4月中頃から短期間の収穫で、大きな根元まで皮を剝かずにさっと茹でて食べる。豚バラ肉で巻き、ヒマラヤの岩塩と黒胡椒だけで焼く。根元を輪切りにしてご飯に炊き込むのも美味しい。挑戦することが好きだという竹葉淳さんは、少量をハウス栽培で育てる。適切な管理で妥協せず、手抜きをしないという。料理人たちに紹介すると、最高の評価があって嬉しくなった。

（I-春「アスパラガス」24-25頁）

真桑の実（静岡県立大学薬草園にて）

桑の実は「桑苺《くわいちご》」とも呼び、これもまた季語である。クワはクワ科の落葉高木で、桑の実ははじめ黄や赤で、やがて七〜八月には紫黒色に熟して甘くなる。実は、鳥が長い間食べられるように少しずつ熟れていく。台湾の、食用にするための桑の実は大きい。

（III-夏「桑の実」186-187頁）

枝豆

（京都芸術大学の農園にて）

枝豆は大豆を未成熟で枝ごと収穫して茹でて食べるから、豆類ではなく緑黄色野菜に分類されている。本文中でも触れた丹波黒は、大豆の中でも最も粒が大きい。枝豆にするともちっとした食感で、見た目に反して味は極めて良い。

（I-秋「枝豆」102-103頁）

鬱金

（静岡県立大学薬草園にて）

鬱金の花は苞葉《ほうよう》が重なり合って頂点に向かって白い。鬱金は薬草として重要であるが、英語名ではターメリック、カレー粉の原料でもある。インド原産のショウガ科の多年草で、栽培の記録は紀元前からある。

（III-秋「鬱金の花」198-199頁）

ずいき祭の神輿

（西之京瑞饋《ずいき》神輿《みこし》保存会の制作、2023年）

五穀豊穣に感謝する、北野天満宮の秋の大祭である。野菜を飾った「ずいき神輿」が巡行する。京都の秋祭の先陣をきって行われる。菅原道真公が大宰府で刻んだ木像を、西ノ京の神人《じにん》が京都に持ち帰って祀ったことに始まる。例えば屋根を芋茎で飾るように、自然の食材で神輿全体を飾り、祭が終わると神輿全体を自然に帰す。

（I-夏「祭」66-67頁）

干し柿（長野県下《しも》伊《い》那《な》郡《ぐん》高森町《たかもりまち》にて）

並んでいる干し柿は「柿簾《かきすだれ》」と呼ばれ、晩秋の季語である。日本の秋の風景であるが、朝鮮半島、中国、ベトナムなどでも、さまざまな方法で作られている。渋柿の可溶性のタンニンが不溶性に変わって甘味が感じられるようになる。その甘さは砂糖の1.5倍と言われる。

（I-秋「柿」84-85頁）

焼藷（上）**炭**（下）（節分の頃、京都の寺院の境内にて）

焼藷の糖質量はご飯とほぼ同じで、200グラム当たり300キロカロリーである。しかしカリウムの量はご飯の10倍以上ある。焚き火の後の熾火《おきび》で作る焼藷は美味しい。

有機物を不完全燃焼させると炭ができる。空気が少ない所で加熱して摂氏300度を超えると急激に組織分解が始まり、二酸化炭素などの揮発分がガスとなって放出される。

（I-冬「焼藷」130－131頁、「炭」122－123頁）

牡蠣（静岡市の「青柳」にて）

牡蠣は獲れる海域によって、生食用と加熱用に分けられる。写真のオイル漬は大変美味であった。さらに、生食用のものは「浄化」という工程を経る。本文で触れたように、牡蠣の歴史は古い。三畳紀《さんじょうき》（約2億5100万年〜2億年前）には生息範囲を広げ、浅い海に多く、全世界に分布した。二条城北側の掘削調査の際に出てきた牡蠣の殻は、京都大学総合博物館に展示された。

（I-冬「牡蠣」116-117頁）

鮎の塩焼き（京都市内の店にて）

日本中の鮎を知り尽くした、鮎釣り界のレジェンドである室田正氏が惚れ込んだのが飛騨奥地の鮎で、「飛騨のあばれ鮎」と言われる。宮川の大自然で育ち、身が締まり、香り高く絶品である。広葉樹林の栄養豊富な土壌から流れる宮川の石は鮎の餌となる苔を豊かに蓄える。釣り方だけでなく締め方など仕上げの技術にもこだわった鮎である。

（I-夏「鮎」52－53頁）

鰻（京都市内の店にて）

鰻は泳ぎが得意でなく、遊泳速度は遅い。他の魚と異なり、体を横にくねらせて波打たせることで推進力を得ている。このような遊泳方法は蛇《だ》行《こう》型《がた》と呼ばれる。鰻は淡水魚として知られているが海で産卵し、孵化を行い、淡水にさかのぼる降《こう》河《か》回《かい》遊《ゆう》という生活形態をとる。嗅覚が犬に匹敵するほど優れている。鱗はあるが真皮の中に埋まった状態で、体表は粘膜に覆われている。

（I-夏「鰻」54-55頁）

水（春先の富山県にて）

地球の水のうち真水は3パーセントであるが、その中には地下水や氷山も含まれ、飲める水は少ない。小麦や牛肉など、食糧生産にも大量の水が使われ、日本はそれを輸入している。世界の多くの場所で飲み水を運ぶのは女子や子どもの仕事となっており、そのために教育を受ける機会が奪われる。水を眺めてそんなことを考える。

（II-春「春の水」158-159頁）

甘酒（京都の寺院の境内にて）

私は発芽玄米を粥にして米の糀《こうじ》を加えて、甘酒を作って飲む。夏バテを予防するための昔からの知恵である。甘酒はご飯より早く吸収されてエネルギーになる。豊富な栄養素を摂ることで体が活性化して基礎代謝が上がる。ただ、飲みすぎると血糖値が急激に上昇する。

（II-夏「甘酒」160-161頁）

土を作る（京都芸術大学の農園の授業にて）

土作りには、物理性、化学性、生物性の改善という三要素がある。物理性とは土の構造、通気性、水はけ、水持ち、化学性とは酸性度、肥料成分、生物性とは生物多様性のことである。土は生きている。土の中に生きる無数の土壌微生物が盛んに生命活動を行う。三要素を改良して作物の生育に合った土壌環境を整える。

（IV-春「耕」228-229頁）

虫送り

小豆島の中山千枚田の虫送りで、急斜面のルートと緩斜面のルートがある。両方のルートの見える荒神社の下の方にある観覧場所から富沢壽勇さんが撮影した。「火手《ほて》」と呼ばれる竹製の松明を手にして畦を歩き、害虫の駆除と豊作を祈る。

（IV－夏「虫送り」234－235頁）

収穫（上）**実った稲穂**（右）（滋賀県の田んぼにて）

稲は早く刈りすぎると未熟粒《みじゅくりゅう》が多く、収穫量が少なくなる。遅れると量は増えるが籾が熟れすぎて米の色や艶が悪くなる。若干の青さが見られるが、秋の日差しに輝く稲穂はまさに黄金色。蜻蛉《とんぼ》が飛び交い羽が夕日に輝き稲穂に溶け込む。新米が食卓に載り感謝の気持ちで「季語を食べる」。

（Ⅳ－秋「新米」238－239頁）

II 季語を飲む

牧開《まさびらき》

〈牧開《まきひら》く〉仲春 生活

◆廐出《うまやだ》し〈まやだし〉仲春 生活　牧閉《まきとざ》す 晩秋 生活

「牧開」は春になって牧場に牛や馬を放つことを詠む。春の訪れを実感できる。

小岩井《こいわい》農場の開拓は、一八八八（明治二一）年六月一二日に明治政府の鉄道庁（当時は鉄道局）長官、井上勝《いのうえまさる》が、訪れた岩手山の南麓《なんろく》に広がる風景に目を奪われた時に始まった。井上勝は日本の鉄道の父と言われる人物で、一八七二（明治五）年の新橋―横浜間の日本最初の鉄道敷設を始めとして、数々の鉄道工事で陣頭指揮にあたった。盛岡を訪れたのも東北本線の延伸工事視察のためであった。井上は開墾して大農場を拓くことで、美しい田園風景を鉄道で損なってきたことの埋め合わせをしたいと考えたという。井上の志のもと、当時の岩崎彌太郎《いわさきやたろう》のもとで三菱を支えていた小野義眞《おのぎしん》、彌太郎の実弟の岩崎彌之助《やのすけ》の三名が創始者となり、各々の名字の頭文字を取って「小岩井」とした。

小岩井の酪農事業では、乳牛は明治時代に輸入した品種を改良し続け、自家生産している。土作り草作りに力を注いで、飼料の主体である乾牧草《かんぼくそう》やデントコーン（飼料用トウモロコシ）を約七〇〇ヘクタールの圃場《ほじょう》に作付けする。仔牛の哺育《ほいく》段階からの健康管理に気を配り、予防的な抗生物質の投与を行わないなど、薬害に配慮した衛生管理を徹底している。鶴ヶ台《つるがだい》牛舎には、フリーストール型のものがある。牛の行動欲求を反映させ、省力化と共にストレスを与えず生産性を上げる工夫をする。壁のない開放型で、自然風での換気方式を取り入れるなど、飼養環境の清浄化や管理により、風味の良い生乳を生産している。

近代以前においては、日本や中国では牛乳は普及していなかった。「牛乳を飲むと牛になる」という迷信を知った少年時代の織田信長が、実際に牛になるかと牛乳を飲んでみたという逸話がある。江戸時代末期になっても初代駐日アメリカ合衆国大使のタウンゼント・ハリスが牛乳を所望して、あんなものを飲むから毛深いと噂されたほどであった。太平洋戦争後にアメリカからの脱脂粉乳を含む食糧支援を経て、一九五四（昭和二九）年に学校給食法が制定され、牛乳の提供を規則としてから広く普及した。

牧開き四方の山々退けて　片山由美子

雪解《ゆきどけ》

〈雪解《ゆきげ》・雪解水《ゆきげみず》・雪解川《ゆきげかわ》・雪解風《ゆきげかぜ》・雪解雫《ゆきげしずく》・雪解野《ゆきげの》〉仲春 地理

石川県の白山《はくさん》手《て》取川《どりがわ》ジオパークはユネスコ世界ジオパークに認定されている。そこには白山を象徴として大地の物語があり、山、川、里、海を巡る水の旅（水循環）があり、ともに石の旅がある。白山に気流が当たり、日本海から大量の雪がもたらされる。雪は解けて手取川の流れなどを経て日本海へ戻る。手取川の急流は上流域から流れ出た石を運び、中流域の大地を削り、手取川扇状地《せんじょうち》を豊かな大地に育んだ。そこに生態系が発達し、人間の暮らしも生まれた。暮らす人々は、水害などと共存する知恵を持っている。

日本の最高峰の富士山の雪は、活火山の噴火がもたらした溶岩流などによる地層を経由して、麓《ふもと》に湧水《ゆうすい》を生み出している（「清水」162-163頁）。富士川の流域の約九〇パーセントは山地であり、富士山と北岳《きただけ》を流域内に持つ。河床勾配《かしょうこうばい》は大変急で、最上川《もがみがわ》、球磨川《くまがわ》と並び日本三大急流河川と言われる。また、その流域内の地質が変動帯と付加帯の特徴を持っていて複雑で弱い。それは糸魚川《いといがわ》—静岡構造線の大断層が流域内を縦断しており、平行し交差する断層が多くあることによる。流域内には崩壊地が多く、土砂が富士川に流出し、堆積して、川底が周辺の地面の高さよりも高い位置にある天井川《てんじょうがわ》を形成する。

『「美食地質学」入門』を書いた巽好幸《たつみよしゆき》さんは、地殻《ちかく》変動とマグマ活動で山国日本の川は急流で、地盤中のカルシウムやマグネシウムを溶かす暇なく流れるので水は軟水になり、石灰質土壌の平原をゆったりと流れるヨーロッパの川の水は硬水になると説明する。軟水は昆布の旨み成分を抽出できるが、硬水はカルシウムが昆布のネバネバ成分アルギン酸と結合して表面に膜を作って旨みが出ない（「昆布」46-47頁）。つまり、昆布の出汁《だし》は火山地震列島の恩恵であるという。平野が広がる関東や珊瑚礁の石灰岩が多い沖縄は硬水系の水で、和食には不向きだが、酵母発酵が進むので関東では力強い醤油が誕生したという。

オランダ人技師のデ・レーケが、日本の川の流れの激しさに驚いて、「これは川ではない。滝だ」と述べたという逸話が知られているが、私は、急な流れを緩和する役目を滝が果たしており、災害を防ぐためには「滝があってよかった」という意味の発言をしたのだという推論に興味がある。滝には流れを穏やかにするという働きがある。

一片の笹の遮る雪解水

富安風生

春の水《はるのみず》

〈春水《しゅんすい》・水《みず》の春《はる》〉三春 地理

季語としての「春の水」は、温かくなめらかな印象がある。雪解水（156-157頁）や春雨《はるさめ》で、川や池などの水かさが増す。水面が光り輝き、水音も高くなってくる。万物の命をはぐくむ水でもある。淡水のことを詠み、海の水を詠む時には使わない。

水が、これまで考えられていた以上に地球内部の奥深くまで運ばれている可能性があるということがわかってきた。愛媛大学地球深部ダイナミクス研究センターなどの研究グループが二〇一七年に発表した内容によると、超高温高圧でも安定した状態で水を地球内部のマントル深部へと運ぶことができる新しい結晶構造の「水酸化鉄」を発見したという。大量の水が存在すると推定されながら詳しいことがわかっていない、地球深部での水の循環を知る新たな手掛かりになる。

地球が約四六億年前に誕生した時には熱い岩石の塊で、その中に水素や酸素も含まれていた。溶けて遊離した水素と酸素が結合して水が生まれ、水蒸気となって厚い雲となって地球を包んだ。冷えた地球に初めて降り注いだ雨は、岩石の中の炭素、窒素、ケイ素など、さらには地殻の底に閉じ込められていたナトリウム、マグネシウム、カリウム、鉄、銅、カルシウムなどを溶かし出した。こうして多くの物質を含んだ海水が生まれた。海水中に単細胞が発生し、多細胞生物に進化し、脊椎《せきつい》動物が生まれ、陸へ上がって呼吸する生物が現れ、長い進化を経て人類が生まれた。人類の体液、血液、女性が胎内で生命を育むための羊水には電解質があり、太古の海水成分と似た液体でできている。

ある試算によると、地球全体で毎年二三億トンくらいの水がなくなり、約六億年で海の水はなくなるという見積りもある。地球の表面の三分の二は水で覆われていて「水の惑星」とも呼ばれるが、地下水、河川、湖沼《こしょう》などの水として存在する淡水の量は地球全体の水の約〇・八パーセントに過ぎない。さらにこの大部分は地下水で、河川や湖沼などの水は〇・〇一パーセントである。

結果として、世界各地で水資源に関する問題が起こっている（「水喧嘩」232-233頁）。国と地域によっては、水資源と人口分布とがまったく一致していない。

（カラー148頁）

春の水ふきあげられてちりぢりに　夏井いつき

甘酒《あまざけ》

〈一夜酒《ひとよざけ》〉三夏 生活

四季の中でも夏にとりわけ季語が多いというのが、歳時記に見られる大きな特徴である。その中でも夏の「生活」に関する季語が圧倒的に多い。

夏の時候に分類された季語の中では、「盛夏《せいか》」「三伏《さんぷく》」「暑《あつ》し」「大暑《たいしょ》」「極暑《ごくしょ》」「炎暑《えんしょ》」「溽暑《じょくしょ》」「灼《や》く」などのように、本当に暑さを実感する季語が並んでいるが、「灼く」という季語の次にあるのが「涼《すず》し」という季語である。「涼し」が夏の季語としてあることが、日本の文化なのである。「吊忍《つりしのぶ》」「箱庭《はこにわ》」「金魚《きんぎょ》」「水中花《すいちゅうか》」など、見た目の涼しさを表現する季語も、耳から涼しい音を感じる「風鈴《ふうりん》」などの季語もある。

また、本書でも取り上げている「焼酎《しょうちゅう》」（164-165頁）、「麦酒《ビール》」（166-167頁）の他、「梅酒《うめしゅ》」「冷《ひや》酒《ざけ》」などが夏の季語として登録されていて、とくに「甘酒」は重要な日本の知恵である。私は俳句を始めた頃、夏の季語に甘酒があることを知って感動した。甘酒は江戸時代から暑気払《しょきばら》いの主役であった。

甘酒は米と糀《こうじ》と水だけで、簡単に美味しくできる。お粥を七〇度に冷まして糀と合わせ、摂氏五五度前後に保ち、ときどきかきまぜて約七時間でできる。一夜酒と言われるゆえんである。良い材料を選び、温度計を用意して温度管理に手間をかけると、自然の甘みが堪能できる。「甘粥《あまがゆ》」という呼び方もある。

酒という字が付いていても、完璧なノンアルコール飲料であるので子どもに飲ませることもできる。ただし、初詣の時の屋台にある、酒粕《さけかす》を溶かして砂糖を入れた粕湯酒《かすゆざけ》とは異なることに、くれぐれもご注意をお願いしておく。

タイにはカオマークがある。白い糯米《もちごめ》を一晩浸水させ、固めに蒸し煮して水洗いする。室温まで温度が下がってからルクパンという餅麹《もちこうじ》の粉末を散布して混ぜる。二日ほど室温に置くと澱粉分解菌によって米の液化が進み、甘味が増して完成する。そのまま一〇日間ほど熟成させると、ルクパン内の酵母によってアルコール発酵が進み酒になる。

朝鮮半島にはタンスルとカムジュという甘酒がある。搾った麦汁にご飯を加えて発酵、糖化させる。ご飯粒を浮かせたまま飲むとシッケ、汁だけを飲むとカムジュと呼ばれる。

甘酒や美濃の山越なかなかに　　小川軽舟

（カラー149頁）

清水《しみづ》

〈真清水《ましみず》・山清水《やましみず》・岩清水《いわしみず》・苔清水《こけしみず》・草清水《くさしみず》〉三夏 地理

日本列島には火山の麓の湧水に名水が多い。阿蘇と富士山の湧水群を、例として紹介したい。

阿蘇の湧水は熊本地震の影響を受けて一時は大変だった。一九八五（昭和六〇）年に環境庁（現環境省）が制定した「名水百選」に、阿蘇高岳の南麓にある白川《しらかわ》の水源がある。清冽《せいれつ》で豊富な湧水の守護神として遊水池《ゆうすいち》には吉見《よしみ》神社があり、南阿蘇村自然環境保全地域として保全されている。水質も良好で遠くから水を汲みにくる人も多い。毎年七月二五日前後に吉見神社で神輿《みこし》など地元の方による夏祭が開催される。水源は常温摂氏一四度の水が毎分六〇トン湧き出ており、熊本市内の中央を流れる白川に流れている。

富士山から来るものでは、「名水百選」に含まれる柿田川《かきたがわ》や忍野八海《おしのはっかい》の湧水がある。忍野八海の湧水は富士山麓に降った雪や雨が富士山内に伏流し、やがて清水となって湧き出た八つの湧水池であり、古くより国の天然記念物に指定されている。忍野八海にちなんで、毎年八月八日に忍野八海祭が開催されている。霊峰富士の四季折々を見事に映し込む美しい泉と清流があり、周辺には農村風景があり、春、忍草浅間《しぼくさせんげん》神社前のお宮橋からは満開の桜を前景に、雪の残る富士を望む。

富士山の周囲には、他にも数多くの自然湧水がある。南東側の三島楽寿園《みしまらくじゅえん》小浜池《こはまいけ》、南側の富士吉原湧水群、南西側の富士宮浅間大社《せんげんたいしゃ》湧玉池《わくたまいけ》、白糸《しらいと》ノ滝《たき》、猪之頭《いのかしら》湧水、北側の富士五湖などが有名である。富士五湖は湖底の湧水が知られている。これは富士山の溶岩が御坂《みさか》山地の麓まで流れ、やがて末端から湧水が湧き出して山地との間に湛水《たんすい》したと思われる。小浜池は、近くの菰池《こもいけ》、水泉園《すいせんえん》などと共に三島湧泉群と呼ばれ、古くは日量二〇〇万トンの湧水に恵まれていた。小浜池は一九六一（昭和三六）年頃から湧水が減少しはじめ、翌年三月に初めて枯渇し、近年ではたびたび枯渇するようになってしまった。

日本百景に選ばれた白糸ノ滝は、富士山白糸溶岩流の末端から芝川《しばかわ》へ注ぐ滝である。大小数百の湧水滝からなる、高さ二〇メートル、幅二〇〇メートルの滝は、古くから多くの歌に詠まれてきた。

ときどきは男滝の裏へ秋の虹　　尾池和夫

焼酎《せうちう》

〈麦焼酎《むぎじょうちゅう》・甘藷焼酎《いもじょうちゅう》・蕎麦焼酎《そばじょうちゅう》・泡盛《あわもり》〉三夏 生活

焼酎は日本の蒸留酒であるが、起源はよくわかっていない。有力な説では、シャム（現在のタイ王国）の蒸留酒ラオロンが琉球経由で伝わったという説がある。日本の文献記録で確認できる限りでは、少なくとも一六世紀頃から焼酎が作られていた。

酒税法では焼酎について、アルコール度数が連続式で三六度未満、単式で四五度以下としている。「新式焼酎」にあたる「焼酎甲類」と、「在来焼酎」にあたる「焼酎乙類」の区分が制定され、後にそれぞれ「連続式蒸留焼酎」「単式蒸留焼酎」と名称変更された。

実際には蒸留開始直後にはアルコール度数が上がり、最大で六〇度程度の酒が生成されることが多く、これを俗に「初垂《はなた》れ」と呼ぶ。初垂れは法規制上、通常そのままの状態では一般に販売することができないが、奄美黒糖焼酎《あまみこくとうじょうちゅう》などは加水してアルコール度数を下げることで販売している。また、一部の地域ではこれをそのまま販売可能にするため国家戦略特区としての認可を取得し、一定の条件下で販売を行う。東京都青ヶ島《あおがしま》の「青酎《あおちゅう》特区」

などがある。

高知県四万十町《しまんとちょう》の酒蔵「無手無冠《むてむか》」という特徴的な名は、四代目の社長の山本彰宏《やまもとあきひろ》氏が名付けたという。地元の米と四万十川《しまんとがわ》の水で地酒を仕込む。一九八五（昭和六〇）年頃、当時の大正《たいしょう》町長が北幡《ほくばん》地域（当時の大正町、十和村《とおわそん》、西土佐村《にしとさむら》）の選外品の栗を利用できないかと彰宏氏に相談した。当時の彰宏氏の酒蔵は焼酎の酒造免許を持っておらず、皆で国に陳情して免許を得て、清酒の蔵と道具を使って栗焼酎を完成させ「ダバダ火振《ひぶり》」と名付けた。四代目女将の山本紀子《やまもとのりこ》さんによると、「この名を考えたのも主人。四万十川の鮎の火振漁《ひぶりりょう》と、土地の言葉で人が集まる場所のことを指す『駄場《だば》』に因んで響きよくまとめた」という。この酒蔵の製造の九割が、現在では「ダバダ火振」だという。彰宏氏は「栗焼酎長期オーナー制度」を始め、四万十川上流の洞窟で四万と一〇（しまんと）時間貯蔵した原酒を、一九九六年に初めてオーナーに提供した。この焼酎は一九九九年、ＪＡＬ国際線のカタログに掲載され全便で販売し、二か月で一万本を完売した。

馬刺うまか肥後焼酎の冷うまか　鷹羽狩行

独り酒泡盛の古酒なみなみと　尾池和夫

麦酒《びいる》

〈ビール・黒《くろ》ビール・生《なま》ビール・地《じ》ビール〉三夏 生活

ビールの起源は紀元前八〇〇〇年までさかのぼるという説もある。古代メソポタミアのシュメール文明にビールがあった。粘土板の楔形文字《くさびがた》で書いたビール造りの記録がある。紀元前三〇〇〇年頃のエジプトにもビールがあった。古代エジプトのビール製法を解読した早稲田大学の成果と中央アジアの野生の小麦を保存する京都大学の連携で生まれたビールである「ホワイトナイル」が日本酒製造会社である「黄桜《きざくら》」の人気商品になっている。

中世には上等なビールが修道院で作られ、一一世紀後半にホップを使用して品質が飛躍的に向上した。市民に広まるとともに改良され、大航海時代には腐りやすい水の代わりに飲料用として用いられ、メイフラワー号には四〇〇樽のビールが積み込まれていた。

近年、二〇一八年には酒税法改正により使用できる原材料が拡大され、欧米でのクラフトビール人気を受けて日本でも醸造所が増え、個性豊かなビールを楽しめるようになった。

ホップは大麦と並んでビールの重要な原料で、大切な役割を果たす。ビールに独特の香りと苦味を与え、清く澄ませ、雑菌の繁殖を抑え、腐敗を防ぎ、泡立ち、泡もちを良くする。この作用は毬花《まりばな》の中にできるルプリンの働きによる。ルプリンは花粉のような黄色の樹脂に含まれ、毬花が成熟するにつれて、付け根部分に分泌、形成される。

ビール造りには酵母が重要である。ビール酵母はその発酵挙動《はっこうきょどう》によって、上面《じょうめん》発酵と下《か》面《めん》発酵の二種類に分けられる。上面発酵ビール酵母はエールタイプのビール醸造に使用され、摂氏二〇度程度の比較的高温で、短期間に発酵する。発酵後期には発酵中に発生する炭酸ガスとともに、液上層に浮き上がることが名前の由来である。下面発酵ビール酵母は、ラガータイプのビール醸造に使用され、一〇度前後の低温で比較的時間をかけて発酵する。このタイプのビールは、ドイツで気温の低い時期に作られ、微生物汚染がなく香味の安定したビールであったために世界で広く作られるようになった。

下面発酵ビール酵母は発酵後期に凝集してタンク底に沈降する。この性質は極めて重要で、沈降した酵母はタンク底から引き抜いて回収され、次のビール醸造に繰り返し利用される。遠心分離せずに酵母回収ができることから、効率的なビール造りが可能となる。

断層地形ジョッキで指してビアガーデン　尾池和夫

ラムネ

三夏　生活

ラムネは、玉詰びんに入れられた炭酸飲料のことであるが、その名称は英語のレモネードが転じたものと言われている。ラムネとは「玉詰びん」に詰められたレモネード（サイダー）のことであるということになる。ラムネとサイダーの違いは曖昧で、容器で区別する。玉詰びんと、レモネードが組み合わさっていることが「ラムネ」の要点である。

ラムネの中身は水に砂糖やブドウ糖果糖溶液といった糖類とクエン酸などの酸味料を加え、甘酸っぱい味に香料を加えた炭酸飲料である。独特の形のガラス瓶の清涼感もある。元は大日本帝国海軍の艦艇《かんてい》で、消火設備として設置された炭酸ガス発生装置をラムネ製造機に転用して、乗組員の嗜好品《しこうひん》として供給したことから始まった。

ラムネの製造は、中小企業の事業活動の機会を確保するための中小企業分野調整法に基づき、「びん詰めコーヒー飲料」や「豆腐」などと同様、中小企業にのみ生産が許されており、大企業は製造に参入することができない。

瓶の発祥の地であるイギリスでは、すでにこの瓶は店頭から姿を消している。インドの一部地域ではいまだに瓶を使ったラムネに似たバンタやゴリソーダと呼ばれる飲料が販売されている。瓶には、上から五分の二ほどの位置にくびれがある。口とくびれの間にラムネ玉が封入され、飲料を充塡《じゅうてん》し、間髪を入れずに瓶をひっくり返すと、炭酸ガスの圧力でラムネ玉が口部のゴムパッキンに押し付けられて密閉される。

京都の地下鉄二条城前駅を出たところに、お菓子屋「格子家《こうしや》」がある。菓子製造業として一九一二（大正元）年に創業した老舗《しにせ》である。自宅の町家《まちや》を改装して四代目の店主が切り盛りする。昔ながらの空間に、懐かしいお菓子が種類豊富に揃っている。格子家でしか購入できない「どろぼう」は、いなり生地（油揚げしたおこし種）を黒砂糖に漬け込んだお菓子で美味しい。その店先に、夏には井戸水でラムネが冷やされている。かき氷などの販売もある。蒸し暑い夏の京都では、格子家の店先で赤もうせんに腰を下ろし、冷えたラムネで涼を得るのが昔の光景なのであろう。

ラムネ玉ころりと父子旅了る　能村登四郎

一瞬の緊張ラムネの泡となる　尾池和夫

高黍《たかきび》

〈蜀黍《もろこし》・もろこしきび・唐黍《とうきび》・高粱《こうりゃん》〉仲秋　植物

タカキビはイネ科の一年草で、原産はエチオピアが有力とされる。四月下旬に種をまき、一〇月頃に穫り入れる。丈は三メートルほどになり、秋、茎の頂点に赤褐色の穂を付ける。茅台酒《まおたいしゅ》は高粱を主原料とする、中国貴州《きしゅう》省特産の蒸留酒である。中国ではこのような蒸留酒を「白酒《バイジウ》」と呼ぶ。強い香りが特徴である。産地は同省北西部仁懐《じんかい》市茅台鎮《まおたいちん》である。二〇一四年一〇月八日、私は貴州省を初めて訪問し、特産の茅台酒にも久しぶりに出合って味わうことができた。昔、私が中国に初めて行った一九七四年には、中国の至る所で茅台酒による乾杯が行われていた。

この茅台酒は、一九一五年、サンフランシスコ万国博覧会で金賞を受賞した。世界の銘酒と言われるようになったきっかけだろう。中国では「国酒」と称するようになった。毛《もう》沢東《たくとう》がニクソン大統領と乾杯したことや、周恩来《しゅうおんらい》が田中角栄《たなかかくえい》と乾杯したことがニュースになった。周恩来は、風邪でも薬を飲まず茅台酒を飲んで治したと伝えられた。

茅台鎮は、貴州省の西北にある遵義《じゅんぎ》市から鴨茅公路《かもがやこうろ》に沿って西北へ一二〇キロほど行った赤水河畔《せきすいかはん》にある小さな町である。西岸に高山が連なる険しい地形の地域で、古くからの水陸の交通の要であった。赤水河は、夏から秋にかけて濁流が激しく、冬から春には静かで泳ぐ魚が見えると言われる。茅台酒は、この赤水河の水に育まれた酒である。茅台鎮は、海抜四〇〇メートルの雲貴《うんき》高原にあり、気候は温潤で厳冬期でも氷点下二度くらいである。この気候が、茅台酒に用いられる特別の微生物に適している。

四川《しせん》の料理人は、海外へ行く時、四川の塩を携えて行く。四川省の自貢《じこう》市では二千年前から塩を採っている。地下一〇〇〇メートルから採る。この塩のことを井塩というが、その集散地である茅台では、商人の往来が多く、やがて裕福になった人たちが美酒を愉しむようになった。茅台酒は、その頃すでに独特の風格を持っていて需要に応えた。当時の赤水河の名物は、茅台の酒と合江《ごうこう》の仏手柑《ぶっしゅかん》（「蜜柑」128-129頁）、それに葫蘆渓《ころけい》一帯の冬筍で、河に舟を浮かべて酒をくむ風流な人がいたという。世界のどこにあっても、大地の生み出す恵みは、その土地の歴史とともに、食材と美酒で語られるようになる。

高黍の門辺に立てば初嵐

富安風生

新酒《しんしゅ》

〈今年酒《ことしざけ》・新走《あらばしり》・利酒《ききざけ》〉晩秋　生活

日本の酒、和酒《わしゅ》は日本特有の製法で醸造されたもので、醸造酒に分類される。

大吟醸酒《だいぎんじょうしゅ》とは、吟醸酒のうち、精米歩合《せいまいぶあい》五〇パーセント以下の白米を原料として製造し、固有の香味と色沢《しきたく》（見かけの色や混濁の状態のこと）が特に良好なものにだけ用いることができる呼び名である。吟醸香《ぎんじょうか》を引き出すために少量の醸造アルコールを添加するが、吟醸酒と同じく白米の重量の一〇パーセント未満である。

「喜久酔《きくよい》」の製造元であり、静岡県の大井川《おおいがわ》の水を用いる青島《あおしま》酒造の酒造りの工程を見せてもらった。一人で五キロの米を、手で水分の含み具合を感じながら約三〇秒洗う。糠《ぬか》をきっちり落とすと雑味のない酒になる。また濾過《ろか》する必要がなく、濁りのない清酒となる。「酒造りは洗いに始まり洗いに終わる」と言われる。喜久酔の生産量は年間八〇〇石（一石は一八〇リットル）で、このくらいの量が手で洗米する作業の限界で、それ以上に生産量を増やすことは経営方針にない。

次に米を蒸し、糀造りでは、杜氏《とうじ》一人で、室温摂氏三六度、湿度五〇パーセントの室《むろ》に籠《こ》もる。通常、四八時間で出糀《でこうじ》（米糀の出来上がり）のところを、一・五倍の七二時間をかける。この作業ができるのは、杜氏の傳三郎さん一人だけで、一子相伝《いっしそうでん》の技である。一時間半ほど休んでは糀を育てる。過酷な作業で体力は消耗するが、五感が冴えてくる。

糀造りの次に仕込みに入る。蒸し上がった米と、出来上がった糀と、静岡酵母と大井川の水を琺瑯《ほうろう》の二〇〇〇～四五〇〇リットルのタンクで混ぜる。一日に二回かき混ぜる。低温でじっくりと三〇～三五日発酵させ、粥状になった醪《もろみ》を搾り、タンクに貯蔵し、瓶詰めした後、しばらく低温貯蔵し、熟成させて出荷する。

仕込みの行程に沿って酒蔵の中を見学し、酒の貯蔵してある摂氏二度の吟醸香薫る部屋を通って外に出ると、眼鏡が曇った。大井川の伏流水《ふくりゅうすい》の水質と水量を何としても守らなければならないと、思いを新たにしながら帰途《きと》についた。

寒雀酒蔵を出る糀の香　森　澄雄
酒蔵の裏涼しくて朝の市　沢木欣一
下馬の宴上馬の宴と古酒酌んで　尾池和夫

ホットドリンクス

〈ホットウイスキー・ホットワイン・ホットレモン〉三冬 生活

冬、身体を温める飲み物としてワインやウイスキーを用いた飲物がある。自動販売機の缶コーヒーなどもある。

季語には「酒」そのものはない。季節ごとにまとめると、春には白酒《しろざけ》、桃《もも》の酒《さけ》、治聾《じろう》酒《しゅ》、夏には前項で取り上げた甘酒《あまざけ》（一夜酒《ひとよざけ》）（160-161頁）や新酒《しんしゅ》（172-173頁）の他に、新酒火入れ《しんしゅひい》れ、酒煮《さけに》る、蝮酒《まむしざけ》、冷酒《ひやざけ》、梅酒《うめしゅ》、紫蘇酒《しそざけ》、泡盛《あわもり》、秋には菊酒《きくざけ》、猿酒《さるざけ》、今年酒《ことしざけ》、早稲酒《わせざけ》、新走り《あらばし》り、温め酒《あたためざけ》、濁り酒《にごりざけ》、月見酒《つきみざけ》、紅葉酒《もみじざけ》、葡萄酒醸す《ぶどうしゅかも》す、冬には熱燗《あつかん》、鰭酒《ひれざけ》、寝酒《ねざけ》、玉子酒《たまござけ》、生姜《しょうが》酒《ざけ》、霙酒《みぞれざけ》、松葉酒《まつばざけ》、甲羅酒《こうらざけ》、寒造《かんづくり》、火酒《ウォッカ》、新年には年酒《ねんしゅ》、屠蘇酒《とそしゅ》などがある。

静岡らしいウイスキーを作ろうというヴィジョンを持ち、静岡の自然の恵みにより生まれ、育まれたジャパニーズ・ウイスキーとして、原酒造りにいそしんでいる会社がある。ガイアフロー静岡蒸溜所で、代表取締役は中村大航《なかむらたいこう》さんである。二〇一四年一〇月八日に設立されたこの会社では、静岡市葵《あおい》区落合《おちあい》の広大な敷地で毎日蒸溜の作業が行われている。

「ウイスキーを愛する方のために」という見学ツアーが楽しい。静岡蒸溜所では蒸溜所体験の企画で製造工程をじっくり学べる。ガイアフロー静岡蒸溜所内のスタッフが案内して、個性あるウイスキーの製造工程をわかりやすく説明する。すべての行程を見学した後にテイスティングルームで、シングルモルト静岡の原酒やガイアフローの輸入するウイスキーやスピリッツを試飲する。

さらにプライベートカスクのオーナーになれる企画があり、樽にオーナーの名前が入れてある。このオーナーには、見学ツアー参加の際に特典がある。入場料が無料で、熟成庫内での試飲ができる。通常の見学ツアー終了後、カスクオーナー専用の熟成庫内で自分の樽からウイスキー原酒を抜き取り、その場で試飲したり、瓶詰めして持ち帰りできる制度がある。この熟成庫内での試飲は、自身の樽に原酒が詰め終わり、オーナー証明書が手元に届いてから利用できる。

大井川の上流にある井川蒸溜所は、二〇二〇年四月に、特種東海製紙株式会社の社有林《しゃゆうりん》管理部門であった南アルプス事業部から分社化した十山《じゅうざん》株式会社が、同年一一月に開所した。会社のウェブサイトによると、「十山」という社名に、「社有林内に赤石岳《あかいしだけ》などの三〇〇〇メートル峰が一〇座あること、自然環境の魅力やウイスキーをはじめとする商品、サービスなど一〇を超える極み（高峰）を目指すという想いを込めた」とある。

この蒸溜所で用いているのが「木賊《とくさ》湧水」である。開所にあたっては、熟成環境やウイスキー造りに欠かせない樽のための木材資源とともに、南アルプスの森林土壌で濾過されたこの湧き水が最高の仕込み水になると考えたという。原酒を熟成する樽には、この地に自生する水楢《みずなら》を使用していきたいという。そして、南アルプスの霧がたちやすく、冷涼で湿潤な環境のなかで原酒を眠らせ熟成させる。このように、南アルプスはウイスキー造りに最適な環境であるとして、井川蒸溜所の仕事が始まった。

ウイスキー造りに励む二つの会社をあげたが、それぞれの理念に感心し、共感する。伝統と新しい技術の融合により、冬に心から温まるウイスキーを造ってほしい。

御仏に昼供へけりひと夜酒　蕪村
水割りの水にミモザの花雫　草間時彦
ウイスキー熟成中よ竹の秋　尾池和夫

III 健康と生命維持

―薬膳×発酵×救荒食物―

枸杞　夏桑　団栗
蒜　茉莉花　唐辛子
山葵　鬱金の花　アロエの花
黴　石榴　薬喰
桑の実　曼珠沙華　鯨
蘇鉄の花　茘枝　納豆
トマト　無花果　味噌搗
泥鰌鍋　銀杏　七種

枸杞《くこ》

〈枸杞《くこ》の芽《め》・枸杞《くこ》摘《つ》む・枸杞飯《くこめし》・枸杞茶《くこちゃ》〉仲春 植物

◆枸杞《くこ》の実《み》 晩秋 植物

クコは原野や路傍《ろぼう》などに叢生《そうせい》するナス科の落葉低木で、春に芽吹いたものを食用とする。樹高は一メートルほど、枝は蔓《つる》状で細く、棘《とげ》がある。葉は長さ一センチほどの長めの楕円形で、柔らかく、向かい合って生える対生《たいせい》である。秋になると葉腋《ようえき》に真っ赤な実が熟す。

中国の寧夏回族《ねいかかいぞく》自治区に大規模な枸杞の実の産地がある。一九八一年、中国の歴史時代に発生した大規模地震の遺跡を調査するために、私はこの自治区を訪れた。初めて枸杞の実がふさふさとなっているのを間近で見たのも、ここの宿舎の庭であった。現地の人たちの生活にはいつも枸杞の実があった。回族はイスラム教徒である。草原で育てられた羊の肉がとても香ばしく美味しく、食事の後には枸杞の実や枸杞茶があった。

生薬としては、枸杞の実は「枸杞子《くこし》」、根皮《こんぴ》は「地骨皮《じこっぴ》」、葉は「枸杞葉《くこよう》」と呼ばれ、民間ではそれぞれ一日量五ないし一〇グラムを六〇〇ミリリットルの水で半量になるまで煎じ、三回に分けて服用する用法が知られている。果実は、食欲がなく下痢しやすい人には合わないことが多く、根皮、葉は冷え症の人に対して禁忌とされている。枸杞子は血圧や血糖の低下作用、抗脂肪肝作用などがある。精神が萎えているのを強壮する作用もあるとされている。また、視力減退、腰や膝がだるい症状の人、乾燥性のから咳にも良いと言われている。地骨皮は抗炎症作用、解熱作用、強壮、高血圧低下作用などがある。清心蓮子《せいしんれんし》飲《いん》、滋陰至宝湯《じいんしほうとう》などの漢方方剤に配合される。糖尿病で夜に寝汗をかき、足の裏がほてる人に良いとも言われている。枸杞葉は動脈硬化予防、血圧の低下作用などがある。

　枸杞の実を入れた八宝茶《バーバオチャ》は、中国全土で親しみのある伝統的な茶の一つである。さまざまな素材が詰まった中国茶で、冠婚葬祭や来客のもてなしには欠かせない薬膳茶として振る舞われている。ベースは緑茶で、枸杞の実の他に、菊または薔薇《ばら》、赤棗《あかなつめ》、甘草《かんぞう》、竜眼《りゅうがん》、胡麻《ごま》、葡萄《ぶどう》、胡桃《くるみ》、林檎《りんご》などが混ぜられる。八宝茶には身体を温める食材が使われているため、血行促進、目の疲れの緩和、風邪予防など、さまざまな効果が期待できる。

枸杞垣の赤き実に住む小家かな　　村上鬼城

蒜《にんにく》

〈葫《にんにく》・ひる・大蒜《おおびる》〉仲春 植物

日本では、ニンニクやノビル（20-21頁）など、鱗茎《りんけい》を食用とする臭いの強いネギ属の植物を総称して「ヒル」（蒜）と呼ぶ。ニンニクをノビルと区別する場合に「オオヒル」（大蒜）と称した。漢方薬の生薬名は「大蒜《たいさん》」である。

機能性成分（健康維持にかかわる成分）としてアリインを豊富に含む。調理の過程でアリインがアリシンという臭いの強い成分に変化する。ビタミンB群やリン、カリウムなどの成分も豊富に含む。アリシンにはビタミンB1の吸収を高める効果があり、豚肉と一緒に調理するのがいい。アリシンには強力な殺菌作用や抗菌作用があり、風邪のウイルスにも効力を発揮すると言われる。

蒜を食べた人の口臭には二種類ある。一つは食べた直後に食べていない人にわかる直後臭であり、もう一つは翌日臭である。直後臭を解消するためには、林檎を皮のまま嚙るのが有効である。翌日臭を減らすためには牛乳やヨーグルトを摂るといい。つまり、蒜を食べた後のデザートには、林檎ヨーグルトを食べると口臭を防ぐことができる。

漢方薬の大蒜は、大にんにくの地上部が黄をおびてくるころに鱗茎を掘り上げて陰干しにする。アリシンは、ビタミンB1と結合してアリチアミンという成分となって胃腸から吸収され易くなる。アリナミンはこれを化学合成によって作ったものである。天然のにんにく類は健胃、発汗、利尿、たんきり、整腸、駆虫薬などとして用いられる。

中国が世界の蒜生産量の八割を占めており、安価ゆえ世界各国に普及している。国内では、青森県田子町《たっこまち》が「ニンニクの町」としてブランド化に取り組み、独自の品種も開発している。蒜の芽が出たのがあれば、水栽培して育て、一〇センチほど芽が伸びた時に根と芽を付けたまま少し衣を付けて揚げると、皿の飾りにもなって楽しく美味しい。

行者蒜《ぎょうじゃ》という山菜がある。繁殖地は国立公園などの自然保護区に多い。北海道では「アイヌネギ」と呼ぶことがあり、アイヌの人々の間では大姥百合《おおうばゆり》の根（トゥレプ）とともに重要な位置を占める食料である。春先に大量に採集し、乾燥保存して年間を通して伝統料理の食材として利用してきた。

大蒜の天ぷら衣たっぷりと

尾池和夫

山葵《わさび》

〈山葵田《わさびだ》・山葵沢《わさびざわ》〉晩春 植物

ワサビは日本原産のアブラナ科の植物で、夏でも涼しいような清涼な湧水地《ゆうすいち》の清流の中で育つ。水山葵は生食用に、畑山葵は主にわさび漬けなどの加工用に利用されている。辛味成分は、揮発性《きはっせい》のからし油（イソチオシアネート）類である。山葵の細胞内のからし油配糖体が、摺りおろしなどによって物理的に破壊されると、山葵に存在する酵素の働きによって加水分解が起こり、からし油が生成される。そのうち約九〇パーセントを占める最も多量なものがアリルからし油である。生山葵一〇〇グラム当たり約〇・三グラム含まれる。アリルからし油以外にも、多くのからし油があり、例えば、沢山葵の独特の風味である「沢の香り」は、ω《オメガ》-メチルチオアルキルからし油による。

山葵は奈良時代の文献にも出ており、鎌倉時代には食用にされていた。栽培は慶長年間（一五九六～一六一五）に安倍郡大河内村有東木《あべぐんおおこうちむらうとうぎ》（現在の静岡市葵《あおい》区有東木）で始まったとされている。その後、伊豆などの各地域へ広まった。駿府《すんぷ》に隠居していた徳川家康に、有東木の庄屋が山葵を献上したところ、その香りと独特の辛味を絶賛し、家康は有東木の山葵を門外不出の御法度品にしたと伝えられている。

また、薬用としての効能は時代を問わず注目されており、最新の医学の視点からも語られている。ＮＨＫ「あさイチ」の特集（二〇一六年七月六日放送）によると、本山葵の根茎《こんけい》部分に含まれる成分である「6-メチルスルフィニルヘキシルイソチオシアネート」はがん予防が期待される。肝臓の解毒代謝酵素《げどくたいしゃ》の活性を上昇させる作用があり、解毒代謝酵素は発がん物質などを無毒の物質に変え、肝臓の細胞の解毒作用を高めることで発がんの予防が期待できるという仕組みである。また、他の野菜に比べ圧倒的に解毒酵素を活性化させる力が強く、毎日三〜五グラム程度の摂取で効果がある。ただし、いわゆる「チューブわさび」には成分はほとんど入っていないので注意されたい。抗酸化作用が老化やストレスにも効果的である。血液サラサラ作用もあり、五グラムの本山葵を摂取すると約一時間後、血流が一・五倍に増えるという。

山人が水に束ぬる山葵かな　渡辺水巴

山葵田に沿うて断層破砕帯　尾池和夫

黴《かび》

〈青黴《あおかび》・毛黴《けかび》・麹黴《こうじかび》・黴《かび》の宿《やど》・黴《かび》の香《か》〉仲夏 植物

黴には人に役立つ黴と害になる黴がある。役立つ場合は発酵、害になる場合は腐敗である。発酵させてさらに熟成させる工程を「醸造」という。日本では昔、醸造は麹《こうじ》を用いて行われてきた。今では麹を使うものに限らず発酵させる工程全般を醸造という。発酵という現象は先史時代から人類に知られており、醸造はそれを意図的に発生させることになる。

高知市を訪れる機会があると、私は必ず大橋通《おおはしどおり》の門田《かどた》鰹節《かつおぶし》本店に立ち寄り、本枯節《ほんかれぶし》を買う。鰹節は煮熟《しゃじゅく》した後、「焙乾《ばいかん》」の作業を繰り返す。焙乾の「一番火」と「二番火」の段階は表面に付いた雑菌を殺し、「ネト」という雑菌の発生を防ぐ。次に鰹節の香りを生成する。香りには間接的香りと直接的香りがある。前者は燻煙《くんえん》に含まれた成分から生まれ、後者は後の「黴付け」でできた黴が、燻煙成分の溶け込んだ鰹の身の油に作用してできる。

鰹節の旨みに重要な働きをするのが表面に付く優良黴である。「日乾《ひぼし》」「黴付け」を繰り返すうちに、節に含まれた水分が少なくなり、付いていたペニシリウム属の青黴が減少し、代わってアスペルギルス属の黴が生える。この中に鰹節の香りに重要な役割を果たす優良種の黴がある。鰹節の地肌の中へ菌糸《きんし》をのばして内部にある水分を吸い出す。焙乾だけで除けない水分を黴によって除去する。さらに黴の菌糸が脂肪分解酵素を分泌して中性脂肪を分解し、出汁《だし》の透明度を高める。黴自体も、中性脂肪を消費して、節の脂肪含有量を低める働きをすると言われている。

黴を基とするあらゆる醸造文化を顕彰する会が、酒の神様である京都の松尾大社《まつのおたいしゃ》に本部を置く「醸造文化顕彰会」、通称「醸《じょう》の会」の主催で毎年行われ、私がその会長を務めている。二〇二三年度の醸の会では、農学者であり、発酵学者でもある小泉武夫《こいずみたけお》さんの講演を聞いた後、対談した。

小泉さんの努力もあり、日本の黴の文化がユネスコの無形文化遺産に向けて提案されることとなった。「伝統的酒造り」というタイトルで、「杜氏《とうじ》・蔵人《くらびと》等が、こうじ菌を用い、日本各地の気候風土に合わせて、経験に基づき築き上げてきた、伝統的な酒造り技術（日本酒、焼酎《しょうちゅう》、泡盛等を造る）」というのがその対象である。

あかあかと麹のいのち冬隣

長谷川櫂

桑の実《くはのみ》

〈桑《くわ》いちご〉仲夏 植物

桑の木には初夏になると甘酸っぱい実がなる。欧米ではマルベリーと呼ばれ、ゼリーや肉料理のソースなどに使われる。近年はスーパーフードとして、アンチエイジングの妙薬として人気があるが、その効能は古い時代から知られている。日本では桑といえば山桑《やまぐわ》を指す。静岡県立大学の薬草園にある桑は真桑《まぐわ》で、薬用で桑といえば真桑を指す。山桑は真桑の代用品という位置付けである。

桑の実は、クワ科クワ属の落葉樹の実の総称である。かつて日本では養蚕が盛んであったため、各地に桑畑の名残がある。接木《つぎき》で繁殖させるため各地で独自の品種が生まれ、育成された。自生の山桑もある。

熟した桑の実は強い色と香りで鳥を誘う。この果肉にくるまれた種子は硬い。このような種子の散布を「被食《ひしょく》散布」、あるいは「周食《しゅうしょく》散布」と呼ぶ。桑の実が一度に熟さず、少しずつ色を変えるのは、鳥によって段階的に、時間的にも空間的にも広い範囲に運ばれるという仕組みのためである。また、桑の実には、抗酸化物質のポリフェノールの一種のアントシアニンが大変豊富に含まれている。眼精疲労、視力低下、白内障などの目のトラブルの改善に効果的と言われる。「食べる目薬」と言われる枸杞《くこ》の実（178-179頁）と一緒に摂ると良い。

漢方、生薬《しょうやく》では乾燥した桑の実は「桑椹子《そうじんし》」と呼ばれ、薬膳茶にも使用される。根皮は「桑白皮《そうはくひ》」、葉は「桑葉《そうよう》」、枝は「桑枝《そうし》」と呼ばれ、これらもまた漢方薬として用いられる。桑白皮は日本薬局方に収載されており、鎮咳《ちんがい》、去痰《きょたん》のために用い、血糖降下の効果もある。

桑椹子は寒性で肝に働き、ストレス過多によるイライラや常に怒っている感情から生まれる余分な熱（肝気鬱熱《かんきうつねつ》）を治める。中国では多少未熟で紅紫色の果実の桑椹子を、焼酎（三五度）一リットルに対し三〇〇グラムを漬け、冷暗所に三か月ほど保存して桑椹酒を作る。低血圧、冷え症、不眠症などの滋養目的に、就寝前に盃一～二杯飲む。果実と根皮を焼酎に漬けたものも飲まれる。

古桑の実のこぼれたる山路かな　飯田蛇笏

桑の実のジュースに続きマッコリを　尾池和夫

（カラー139頁）

蘇鉄の花《そてつのはな》

〈花蘇鉄《はなそてつ》〉晩夏　植物

蘇鉄は六〜八月にかけて茎頂《けいちょう》に大きな花を付ける。雄花は黄色味を帯びた棒状で、雌花は球状になる。

石灰岩質の土壌に適しており、沖縄の各島、各地で栽培可能な植物である。沖縄言葉で、「スチチ」「スーティーチャー」と呼ぶ。蘇鉄の実は、救荒食物の一つである。

第一次世界大戦が終結してヨーロッパ経済が立ち直ると、日本は過剰生産による戦後恐慌に陥った。不況の波は砂糖に支えられていた沖縄経済を直撃し、沖縄県民の生活は窮乏した。一九一九（大正八）年、税金滞納者は〇・三パーセントだったが、たった二年後には四七・四パーセントにもなった。農民は、甘藷《さつまいも》すら口にすることができなくなり、やむなく蘇鉄の実を食べた。蘇鉄の実や幹には澱粉質が含まれ、琉球王国時代の一八世紀から飢饉に備えて栽培されていた。

水洗いが不十分だと中毒を招くこともあった。沖縄ではこの不況期を「蘇鉄地獄」と呼んだ。加えて一九三〇（昭和五）年には前年の世界恐慌からの昭和恐慌が起こり、沖縄から海外への移住者は多く、日本の移民のうち一割が沖縄からであった。

漢字で「蘇鉄」と書くのは、鉄を肥料にすると樹勢《じゅせい》が増すため、枯れかかった時に鉄の釘を打ち込むと蘇るということに由来している。中国名では「鉄樹」や「鉄蕉」などの名がある。

蘇鉄の生育は遅いが、成長すると樹高は八メートル以上に達し、その際でも移植が可能なほど強健である。幹は太く、たまにしか枝分かれせず、細い枝は無い。幹の表面は一面に葉跡《ようせき》で埋まる。葉は多数の線状の小葉からなる羽状複葉《うじょうふくよう》で、刺さると痛い。

蘇鉄の有毒成分の水溶性は、澱粉より高いため、幹の皮を剝ぎ、あるいは種子の「仁《じん》」と呼ばれる中核部を細かく切って、水にさらして有毒成分を分離した上で、さらに時間をかけて充分に水にさらし、発酵させ、乾燥するなどの処理を経て毒性のあるサイカシンを完全に除去すれば食用が可能となる。一方で、水にさらす時間が不充分だと、サイカシンが残留して有害である。

船籍の旗鹹《しおから》し花蘇鉄

正木ゆう子

トマト

〈蕃茄《とまと》・赤茄子《あかなす》〉晩夏 植物

トマトにはたくさんの種類があり、世界には一万種類以上あると言われる。日本で品種登録されているものだけでも三〇〇種類を超える。大玉（二〇〇グラム以上）、中玉（三〇～六〇グラム程度）、ミニ（一〇～三〇グラム程度）の三タイプに分けることができる。トマトの大きさは栽培方法によって変わるので厳密な規格はない。

トマトは低カロリーで、しかもさまざまな栄養成分がある。薬膳でいうと、熱を冷まし夏の渇きをうるおし、胃の働きを高めて消化を促進させるなどの働きがあるが、最近特に注目されているのは、カロテノイドの仲間であるリコピンやβ-カロテンである。人は酸素がなければ生きていけないが、酸素には細胞を酸化させ、老化や動脈硬化、がんなどの生活習慣病を引き起こす作用もある。抗酸化作用を持つリコピンやβ-カロテンには特に期待が集まっている。中でもリコピンの抗酸化作用は強力で、β-カロテンの二倍、ビタミンEの一〇〇倍とも言われる。

リコピンをはじめとするカロテノイドは生野菜からはなかなか吸収されず、加工品の方が吸収しやすい。トマトをはじめとする野菜や果実などの植物には、強固な細胞壁《さいぼうへき》があり、これを柔らかくする手段の一つが加熱である。また、油を使った料理でも比較的熱に強い性質を持っているリコピンの吸収性が高まる。生食用に対して、「加工用トマト」がある。果皮が固く、果肉が厚めで水分が少ないため貯蔵性に優れ、蔕《へた》がきれいに取れる。酸味が強いが、加熱することで甘味や旨みが引き立つ。

昨今、市場でもよく見られるフルーツトマトは、品種に関わらず、水や肥料を抑えたり、塩分の多い土壌を活かすなどの工夫で、甘味を引き出したトマトである。普通のトマトの糖度は三〜五度であるが、フルーツトマトの糖度は八〜九度以上である。群馬県のブリックスナイン、静岡県のアメーラ、高知県の徳谷《とくたに》トマトなど、ブランド化されている。アメーラは静岡弁の「甘えらー」から付けられた。株式会社サンファーマーズの登録商標である。果頂部《かちょうぶ》には星状の白い線が入っている。秋から冬に採れたアメーラは酸味が強く、甘味が強く感じられるのは四〜五月とされている。

大皿に飯とトマトとサテアヤム

尾池和夫

泥鰌鍋《どぢやうなべ》

〈泥鰌汁《どじょうじる》・柳川鍋《やながわなべ》〉三夏 生活

ドジョウはコイ目ドジョウ科の淡水魚の一種で、日本の平野部の水田や湿地、農業用水路、泥底《どろぞこ》の流れの緩やかな小川など、全国的に分布している。中国大陸、台湾、朝鮮半島にも分布する。東アジア地域では食用魚としての養殖も盛んである。

泥鰌のカルシウムは鰻の約九倍だという。魚類の中では最も多くのカルシウムを摂ることができる魚である。中サイズの泥鰌七匹で一日に必要なカルシウムを補充できる。また、カルシウムやリンの腸内吸収を増進するビタミンDが豊富にある。鰻に比べると脂肪が少なく、カロリーは約三分の一である。

中国ではその栄養価の高さから「水中人参（水中の薬用人参）」と称するほどであり、薬膳料理に用いることが多い。内臓を温め、体の余分な水分を取り除き解毒する作用があると言われ、生気を益し、酒をさまし、さらに強精強壮作用を盛んにする食べ物とされている。くわえて黄疸《おうだん》、糖尿病で喉の渇く人、尿の出が悪い人への効果など、幅広い効用がみられる。また、表面のぬめりには血液をきれいにし、細胞の働きを活発にするコンドロイチン硫酸が含まれている。しみやしわを防ぐコラーゲンも含まれている。

江戸時代には日常料理として、大ぶりのものは開いて頭と内臓を取り、小さいものはそのままで、葱、牛蒡《ごぼう》とともに割下《わりした》で煮て卵でとじた柳川鍋を食べた。卵でとじないものを「どぜう鍋」と呼んだ。

泥鰌を「どぜう」と表記するようになったのは、「駒形《こまかた》どぜう」の初代当主であった越後屋助七の発案であると、店の説明にある。泥鰌は旧仮名遣いでは「どぢやう」あるいは「どじやう」が正しいが、四文字では縁起が悪く、三枚の暖簾《のれん》に書けないという理由から、発音の近い「どぜう」の文字を使用したとされている。

「地獄鍋」（どじょう豆腐）という料理もあり、生きた泥鰌と豆腐を一緒に鍋に入れて加熱する。熱くなると豆腐の中に泥鰌が潜り込んで、泥鰌入り豆腐ができ上がり、味を付けて食べる。中国や韓国にも同様の料理がある。

宵の町雨となりたる泥鰌鍋　深見けん二

震度一感じてをりぬ泥鰌鍋　尾池和夫

夏桑《なつぐは》

三夏　植物

桑は養蚕《ようさん》のため日本各地で植栽されてきた植物である（「桑の実」186-187頁）。季語の「夏桑」は、葉が生い茂った様子を詠む。春の桑は蚕《かいこ》の餌となる桑である。新芽を出し葉を茂らせる。養蚕農家は秋の終わりまで、桑を摘み取るために忙しい。

夏桑は鎌倉時代から糖尿病予防効果が知られてきた素材で、桑の葉には糖の消化酵素に対する強い阻害活性があり、食後の血糖値上昇を穏やかにする効果が期待できることがわかり、糖尿病の予防につながるとして注目されている。

糖尿病予防の効果の仕組みがある。糖分は食後、消化管で消化され、最終的に小腸上皮にある「αグルコシダーゼ」と呼ばれる酵素によってブドウ糖に分解される。その後、吸収され、血中に移行するため、食後は血糖値が上がる。私たちが普段食べている食物の中には、このαグルコシダーゼの働きを抑えるものがある。それが「α-GI」であり、桑にはこの強い作用があり、糖の吸収を穏やかにすることから糖尿病の予防効果があるとされる。

桑のα-GI作用は、「1-デオキシノジリマイシン」（DNJ）と呼ばれる成分に起因する。DNJはブドウ糖ととてもよく似た形をしている。αグルコシダーゼがDNJをブドウ糖と間違え、強く結合するためにα-GI活性を示す。

桑の葉のDNJ量は春から夏にかけて多くなり、秋には減少する。また、枝の先端部に多く、付け根にかけて少なくなる。よって、枝先端の新芽にあたる部分にDNJが最も多く含まれる。したがって夏季の新芽が最も良い葉といえる。

京都の紫野和久傳《わくでん》は、京丹後の桑畑で無農薬、無肥料栽培した桑を手刈り、手摘みして、乾燥も丹後で行い、桑の葉茶を作っている。和久傳は一八七〇（明治三）年、京丹後で和久屋傳右ヱ門が始めた料理旅館を礎に京都の料亭となった。京丹後は丹後ちりめんの生地を織り出す養蚕が盛んな地域である。そこで採れる上質な桑の葉を生かして桑茶を作った。くせの少ない味でカフェインのない飲み物である。

夏桑に沿ひいきなりの汽笛かな　永方裕子

桑ほどく気圧西高東低に　尾池和夫

茉莉花《まつりくわ》

〈ジャスミン〉三夏 植物

ジャスミン（茉莉花）はモクセイ科の常緑低木で、晩春から晩秋まで、枝先に芳香のある純白の小さな花を次々と付ける。その花を緑茶や烏龍茶に混ぜてジャスミン茶を作る。ジャスミン茶は中国で最も有名な茶である。中国福州《ふくしゅう》市が産地として知られる。その生産地と生産工程および喫茶文化が「福州市のジャスミンと茶文化システム」として国連食糧農業機関の世界重要農業遺産システムに登録されている。中国北部では客を歓迎するのにジャスミン茶が出される。元々、品質の落ちた茶葉を無駄にせず、美味しく飲むために茉莉花の香りを吸着させて飲んだのが始まりである。

ジャスミン茶にはリラックス効果がある。香りの主成分リナロールや、緑茶に含まれるカフェイン、アミノ酸であるテアニンがリラックスさせる役目を持つ。リナロールは副交感神経を活発にし、緊張感を鎮めてリラックスさせる。緑茶のカフェインは、頭をすっきりさせ集中力を高める効果に加え、興奮作用もある。テアニンのリラックス作用により、興奮は適度に抑えられ、穏やかに過ごすことができる。

ジャスミンは、中国南部、台湾、インドネシアなどでも栽培されている。花は夜に開くが、摘み取りはまだ蕾《つぼみ》の状態の昼間に行われ、夜に開き始めたところで、茶葉と混合する。

沖縄には、ジャスミン茶の一種である「さんぴん茶」がある。半発酵茶にジャスミンの香りを付けたもので、名称は、ジャスミン茶を指す中国語の「香片茶《シャンピェンツァ》」が転訛《てんか》したものである。さんぴん茶より発酵の度合いが高い半発酵茶を用いたものは、清明茶《シーミーチャ》と呼ばれる。さんぴん茶の茶葉は、沖縄県内では生産されておらず、福建《ふっけん》省や台湾北部で生産されたものが輸入される。

沖縄には清明《シーミー》祭と呼ばれる独自の文化があり、旧暦三月の吉日を選んで親戚一同が墓前で先祖の霊を祀る行事を行う。つまり墓参りの行事であるが、墓前のピクニックというような楽しい行事である。戦前までは清明茶の方がよく飲まれていたが、戦後は缶のさんぴん茶が販売されるようになり、本土から緑茶が入ってきたりして、清明茶はほとんど飲まれなくなってしまったという。

ジャスミンの花絡みつく裏鬼門

尾池和夫

鬱金の花《うこんのはな》

初秋　植物

鬱金は秋の初めに水芭蕉《みずばしょう》に似た大きな葉に囲まれて花茎を伸ばし、その先端に漏斗状《ろうとじょう》の白い花を多数咲かせる。ショウガ科ウコン属の熱帯性多年草である。

根は肝臓に効くとされる。英語名は「ターメリック」（turmeric）である。根茎に含まれるクルクミンは、黄色の染料の原料として広く用いられてきた。からしや沢庵《たくあん》の色のもとでもあり、繊維染料として黄袋《きぶくろ》などにも用いる。それに由来する「黄染草《きぞめぐさ》」の異名がある。利胆《りたん》と肝保護作用がある。

沖縄では、煎じた鬱金茶（うっちん茶）を飲む習慣があり、ティーバッグ形式のものの他、健康飲料としてペットボトル入りのものもある。二日酔い防止のため泡盛《あわもり》に入れたりもする。市販の二日酔い対策ドリンクの原料に用いられたり、居酒屋でサプリメントが常備されていたりする。このように民間薬としてよく用いられるが、日本薬局方収載の生薬でもある。

同属別種の鬱金がある。春鬱金で生薬名は姜黄《きょうおう》、薬用部分は根茎である。春に花が咲くのでその名が付いた。葉は鬱金に似るが、葉の裏に細かい毛が生えるのが特徴である。主用途は健康食品などで、黄鬱金やワイルド・ターメリックとも呼ぶ。苦く黄色で、ミネラルや精油成分が豊富である。学名のアロマティカ（Curcuma aromatica）は香りが良く、精油成分が多いことから付いたのであろうと言われる。

白鬱金とも呼ばれる「莪朮《がじゅつ》」の薬用部分も、根茎である。主用途は中医学（漢方）などだが、日本薬局方収載の生薬でもある。夏に紫色の花が咲くので夏鬱金とか紫鬱金とも呼ばれる。ただし、白鬱金は同科ショウガ属の花生姜《はなしょうが》（ランプヤン）を指すこともある。

中国では、日本での鬱金を姜黄、日本での姜黄を鬱金といい、日本と逆になっている。中国から輸入する鬱金類の生薬は、中国の定義に基づいた名称のものもある。

山墓に薄暑の花の鬱金かな　　飯田蛇笏

（カラー141頁）

石榴《ざくろ》

〈柘榴《ざくろ》・石榴《ざくろ》の実《み》・実石榴《みざくろ》〉初秋 植物

◆石榴《ざくろ》の花《はな》〈花柘榴《はなざくろ》・花石榴《はなざくろ》〉仲夏 植物

石榴はミネラルを含むとともに、クエン酸などの有機酸を持っている。カルシウムの吸収を助け、骨を丈夫にする働きがある。ビタミンや酒石酸《しゅせきさん》、クエン酸などの酸も多く、疲労回復に役立つ。紅い果汁にアントシアニン、タンニンなど、ポリフェノールがたっぷり含まれる。抗酸化作用による生活習慣病の予防効果が期待できる。

江戸時代中期に編纂された『和漢三才図会《わかんさんさいずえ》』では、下痢、下血、脱肛《だっこう》などを止めるのに用いるとの記述がある。口内炎や扁桃炎《へんとうえん》のうがい薬にも用いられた。

石榴は古くから「女性の果実」と呼ばれ、健康や美容に効果があるとされている。以前、石榴に女性ホルモンのエストロゲンが含まれ、更年期障害の改善や豊胸作用があるなどという情報が流通してブームになったが、国民生活センターが検査した結果では含まれていないことがわかった。女性ホルモンと同じ作用があるエストロンは微量が含まれているというが、量の少なさから効果は疑問視されている。

石榴の乾燥させた樹皮または根皮は、生薬名として「石榴皮《ざくろひ》」あるいは「石榴根皮《せきりゅうこんぴ》」といい、条虫《じょうちゅう》（特に有鉤《ゆうこう》条虫、サナダムシの一種）の駆虫薬として用いられてきた。過去にはイギリスやアメリカ合衆国の薬局方にも収載されていた。日本薬局方には初版より「石榴根皮」として収載され（後にザクロヒ）、第七改正（一九六一年）まで収載されていた。通常、駆虫には乾燥させた樹皮または根皮三〇〜六〇グラムを三〇〇ミリリットルの水に五〜六時間浸したもの、あるいは煎じたものを服用するが、多量に服用すると中毒を起こす場合がある。

イランの柘榴は実が大きい。良質の柘榴が自然に育つための恵まれた環境があり、粒の果汁が豊富で、種が小さく柔らかくて美味しく食べられる。自然の木から実を取ると、一つの木でも日当たりによって品質にばらつきがあるため、市場《いちば》には品定めする「ザクロ職人」がいて、料金を払って頼むと品質の良いものを選んでくれる。

柘榴の実落ちて沈みぬ宗祇水《そうぎすい》

尾池和夫

曼珠沙華《まんじゆしやげ》

〈彼岸花《ひがんばな》・死人花《しびとばな》・天蓋花《てんがいばな》・幽霊花《ゆうれいばな》・捨子花《すてこばな》・狐花《きつねばな》〉初秋　植物

「曼珠沙華」の名は仏教に由来する。めでたいことが起こる兆《きざ》しに天上から降ってくる花である。「彼岸花」の名は秋の訪れを感じる彼岸の頃に咲くことに由来する。

曼珠沙華の鱗茎《りんけい》と呼ばれる球根の部分には強い毒の成分がある。そのまま食べると、吐き気や下痢、脳の麻痺を起こし、最悪の場合、死ぬこともある。球根一グラムあたり約〇・一五ミリグラムのリコリン、〇・〇一九グラムのガランタミンを含んでいる。リコリンの致死量は一〇グラムなので、大量摂取しない限り重篤な症状に至ることは基本的には少ないが、家に植える時は、幼な子らがままごとに使わないよう用心する。リコリンは、水仙《すいせん》などにも含まれている。アフリカ南部などの乾燥地帯に居住するサン人などは、現地に生えているヒガンバナ科の植物に含まれるリコリンを、矢毒として利用している。

有毒のため、他の植物の生育を阻害するための雑草対策として、あるいは田んぼを荒らす鼠や土竜《もぐら》、虫などを防ぐために、畦《あぜ》に植えた。また、土葬した遺体が動物に掘り荒らされるのを防ぐために墓場に植えた。

一方、球根は救荒食物でもあり、飢饉の時の非常食だった。澱粉を含む。球根をすりつぶして何度も水にさらして毒を抜き、団子、雑穀と混ぜて食べられた。水にさらすと毒は水溶性なので流れて残りの澱粉が食用になる。ただしあくまでも救荒食物としてで、これを食べ尽くしたらもう三途の川の彼岸に行くしかない、というのが彼岸花の名の由来だとも言われている。日本で食用としていたのは主に江戸時代以前であり、このリコリンを抜く方法の知識がすでに忘れられており、第二次世界大戦中には中毒で死ぬ人もいたとされる。

なお、薬用には鱗茎を用い、生薬名を「石蒜《せきさん》」といい、鎮咳去痰《ちんがいきょたん》や鎮痛、降圧、催吐《さいと》などの薬理作用が知られている。得られたエキスは市販の鎮咳薬にも配合されている。

曼珠沙華泣きたい人を泣かせ置く　中村苑子
さみどりの直き茎よし曼珠沙華　石田波郷
お彼岸のお彼岸花をみほとけに　種田山頭火

茘枝《れいし》

〈苦瓜《にがうり》・ゴーヤー〉仲秋 植物

ゴーヤーの名称で全国的に普及している食材である。夏から秋にかけてが旬で、夏バテ予防にぴったりの野菜と言われている。苦瓜とも呼ばれるとおり、苦味が特徴の野菜で、英語で「ビターメロン」（bitter melon）と呼ばれる。苦味の成分はモモルデシン、チャランチンがあげられる。ゴーヤーの学名にちなんだ成分名で、ゴーヤーに特徴的な苦みで、ウリ科の胡瓜《きゅうり》やカボチャの苦みとは異なる。

苦味成分は機能性成分として注目を集めており、モモルデシンには健胃《けんい》作用が、チャランチンには血糖値の低下作用が期待される。また、苦味による食欲増進効果もある。沖縄では「クスイムン」（薬物）や「ヌチグスイ」（命薬）と呼ばれ、古くから夏バテ予防の薬代わりに食べられてきた。

ゴーヤーは糖質が少なく、可食部一〇〇グラムあたりのエネルギーは一五キロカロリーしかない。一方、ビタミンやミネラル、食物繊維は豊富に含まれており、健康的な食生活に役立つ。

栄養は中の白い「わた」の部分にも多く含まれている。わたは外側ほど苦みが強くない。ゴーヤーの苦味には、昆虫の食害を防ぐ役割があるため、外側ほど苦い。

油を使う調理方法がゴーヤーとの相性がいい。口の中に油分が広がって水溶性の苦味成分が舌まで届きにくくなる。また、油には、ビタミンEやビタミンKなどの脂溶性ビタミンの吸収を助ける効果もある。

何といっても沖縄のゴーヤーチャンプルである。豆腐は水気をふく。フライパンで油を熱し、豆腐を手で大きめにちぎり入れ、焼き目が付くまで炒め、皿に取り出しておく。フライパンに油を足して熱し、ゴーヤーを炒める。豚の三枚肉を加え塩で調味し、溶き卵を流し入れて全体に絡める。豆腐を戻して混ぜ合わせ、醬油を鍋肌から流し入れて仕上げる。

苦くない苦瓜自慢してしまふ　後藤比奈夫

苦瓜を炒むる音のすぐ止みぬ　山尾玉藻

夜散歩や日毎に長き茘枝の実　尾池和夫

無花果《いちじく》

晩秋　植物

無花果は高い栄養価を持ち、食物繊維、ミネラルが豊富で「不老長寿の果物」と呼ばれ、古くから多くの人に健康食品として愛されている。漢方の生薬としても扱われ、実は「むかか」と呼ばれている。喉の痛みや声がれに効き、便秘などの整腸作用が知られる。

大阪府の生産量が多いが、中でも羽曳野市《はびきの》は古くから知られている産地である。豊富な量と都市近郊の強みを活かして、朝採りの完熟無花果がブランド化されている。羽曳野市は葡萄やワインも生産が盛んで、地域で排出されるワインの廃棄物を土づくりに活かしている。

ドライフルーツにすると栄養が豊富な種や皮も一緒に乾燥させることになるので、果物まるごと栄養たっぷりなまま一年中食べることができる。生のものに比べると、ドライフルーツの無花果は、食物繊維が約一・六倍、ミネラル（鉄分、カリウム、カルシウムなど）が約一・八〜二・二倍である。約三粒で一日に必要な鉄分とカルシウムを摂取できると言われている。特徴であるプチプチした粒に植物性エストロゲンが含まれる。肌に潤いを与え、精神を安定させる。豊富なペクチン（水溶性食物繊維）は腸の中で水分を含みゲル状に変化して善玉菌の餌となる。カリウムには塩分の排出を促す作用がある。鉄分がたっぷりある。貧血気味だったり疲れやすい時、気軽に鉄分が摂れる。

「バナーネ」という品種がある。バナナを思わせる濃厚な甘みとねっとりした食感を持ち、熟しても表皮が赤くならず緑のままで、完熟すると表面に亀裂が入る。このバナーネは、無花果狩り園で賞味する。

バナーネはフランスから導入されたロングドートという品種で、全体に黄緑であることから「白無花果《しろいちじく》」と呼ばれる。秋果は少し茶色く色付く。各地で栽培されるようになってきて、日本でも道の駅などで見かけるが、市場には流通していない。私は、パリに滞在していた祖父から白無花果の美味しさを伝えてもらった。一本の白無花果の木があって虫と争いながら食べた。東京から高知の中山間地《ちゅうさんかんち》、高知市内、そして宇治市の自宅まで引っ越してきたが、その木は残念ながら守り抜けなかった。今、二代目を探している。

鳥に食われぬ先に無花果喰う暁闇《ぎょうあん》

金子兜太

銀杏《ぎんなん》

〈銀杏《いちょう》の実《み》〉晩秋 植物

銀杏《いちょう》の樹は、中国の天目山《てんもくざん》で氷期を生き残ったものが世界に広まった。雌雄異株である。街路樹にも多い。種皮の悪臭を処理するために重機が出動して揺すって落とし、市民が実を拾う地域もある。栄養価が高く、澱粉、カロテン、ビタミンCなどを含み、ミネラルも豊富で骨を作るのに欠かせない成分が多い。

中国や日本では古くから、銀杏《ぎんなん》は民間療法で活躍しており、咳や痰、夜尿症に効くと言われる。空気が乾燥する季節、肺の機能を補い潤してくれる薬膳料理の材料となる。一方、食べすぎには注意が必要で、ビタミンB6の作用を妨げる4'-O-メチルピリドキシンが含まれている。食べ過ぎると痙攣《けいれん》などの中毒症状が起きることがある。幼児は解毒能力が弱いので特に注意が必要である。

樹木としては長寿で、各地に幹周りが一〇メートルを超える巨木が点在する。老木の大枝から円錐形《えんすいけい》の気根状突起《きこんじょうとっき》を生じる。「銀杏の乳」と呼ばれ、安産や子育ての信仰対象とされてきた。乳は解剖学的には維管束《いかんそく》形成層が過剰成長して形成される。ラッパのような筒状の葉を付ける喇叭《らっぱ》銀杏《いちょう》などの変異もある。天然記念物に指定されているものもある。

一八九六（明治二九）年、帝国大学（現東京大学）理科大学植物学教室の助手、平瀬《ひらせ》作五郎《さくごろう》が、種子植物として初めて鞭毛《べんもう》をもって遊泳するイチョウの精子を発見した。発見された樹は樹高二五メートル、直径約一・五メートルの雌木で、小石川植物園に現存している。

銀杏《ぎんなん》を買う時には、色が白くて大きく表面が滑らかなものを選ぶ。殻のまま紙袋に入れて冷蔵庫で保存しておくと、二週間は青い実で食べられる。金槌《かなづち》で殻を割り、塩とともに茶封筒に入れ、電子レンジ一分ほどでおつまみになる。丁寧に鍋で煎ると綺麗に仕上がる。土瓶蒸し、炊き込みご飯、茶碗蒸し、串焼き、串揚げなどが日本では定番で、中国では炒め物に加える。

銀杏《いちょう》を詠む季語は多い。「銀杏《いちょう》の花《はな》（公孫樹《こうそんじゅ》の花）」（晩春）、「銀杏黄葉《いちょうもみじ》」「銀杏散《いちょうち》る」（晩秋）、「銀杏落葉《いちょうおちば》」（初冬）がある。

ぎんなんを踏み学生等講堂に　山口青邨

震災に耐へし銀杏の実を拾ふ　尾池和夫

団栗《どんぐり》

〈櫟《くぬぎ》の実《み》〉晩秋 植物

ドングリは、広義には、ブナ科の果実の俗称で、秋になると盛んに聞かれる呼び名である。「無食子」と書くこともある。「椎の実」（92-93頁）はブナ科なので、広義のドングリに属する。生食も可能な椎の実に対し、ここで扱う団栗はタンニンの渋味が強いため、そのままでは食用にならない。

一部または全体が、殻斗《かくと》に覆われている。これはブナ科の果実に共通した特徴で、かつブナ科にほぼ固有の特徴である。

内部にある種子の大部分を占める子葉には、澱粉質が豊富にある。人を含む動物の食料になっている。熊や鹿、栗鼠《りす》、鼠など森の生き物たちのご馳走である。日本の古典的な玩具、特に独楽《こま》などの材料にもなる。

トトリムク（도토리묵）は朝鮮の伝統食品の一種である。団栗の澱粉を固めた食品で「ムク」とは澱粉を固めた食品を指す。トトリムクは、耕地が乏しく、木の実が豊富な朝鮮半

島の山間部で生まれた。食料が不足していた時代や飢饉の年に食べられた救荒食物であり、朝鮮戦争の頃に広く食べられた。

韓国には「犬の餌に団栗」という諺《ことわざ》がある。嫌われて孤立した人を指す言葉である。犬も食べ残す団栗を、世宗《せいそう》大王はすでに救荒食物のなかで最も上のものとし、その栽培を勧奨した。凶年を救済する方法として、王自身が団栗を賑恤《しんじゅつ》した（貧しい人に施した）という記録がある。

現在では自然食品、低カロリー食品として親しまれている。飢餓対策として開発された救荒食品は、次第に日常食に転換され食品の多様化をもたらし、今日の食生活の幅を広げるまでになった。

樫豆腐《かしどうふ》というのが高知県の安芸《あき》市にある。天日《てんぴ》干しした粗樫《あらかし》の実（団栗）を用いて作られる。外殻を除いた実の渋を抜き、細かく挽いて水を加えて煮詰めて型に入れて作り、ぬたをかけて食べる。土佐国の戦国大名であった長宗我部元親《ちょうそかべもとちか》が、朝鮮出兵の際に日本に連行した捕虜が伝えたものだという。

団栗を掃くは思ひのままならず

尾池和夫

唐辛子《たうがらし》

〈蕃椒《とうがらし》・鷹《たか》の爪《つめ》〉三秋　植物

◆青唐辛子《あおとうがらし》〈青蕃椒《あおとうがらし》・葉唐辛子《はとうがらし》〉晩夏　植物

料理に辛みを付けるために使われる。健胃の効能がある。凍瘡《しもやけ》、凍傷《とうしょう》の治療などに薬としても使用する。代謝や血行促進でダイエット効果があることはよく知られるが、育毛効果もあるという。果実は緑のままでも食べることができる。一般に、緑色のものは青唐辛子、熟した赤いものは赤唐辛子と呼ばれる。鑑賞するための品種もある。

唐辛子の漢字は「唐から伝わった辛子」の意味であるが、歴史的に「唐」は「外国」を指す語とされている。九州や長野県などでは唐辛子を「胡椒《こしょう》」と呼ぶことがある。柚子胡椒の「胡椒」も唐辛子のことである。沖縄では「コーレーグス」という。英語では、産品として「レッド・ペッパー」(red pepper) あるいは「チリ・ペッパー」(chili pepper)、植物名として「カプシカム・ペッパー」(Capsicum peppers) である。コショウ（コショウ科コショゥ属）とは関係が無いにもかかわらずpepperと呼ばれているのは辛い香辛料だからであろう。「チリ」（chili）はメキシコのナワトル語の唐辛子の呼称chiliに由来する。

中南米が原産地であり、メキシコでの歴史は紀元前六〇〇〇年に遡る。世界各国へ広がったのは一五世紀である。伝来については、いくつかの説があるものの不明である。朝鮮半島へは一五九二（天正二〇）年の朝鮮出兵の際、武器（目潰しや毒薬）または血流増進作用による凍傷予防薬として、日本からの兵（加藤清正《かとうきよまさ》）が持ち込んだ。朝鮮半島で一六一四年に刊行された『芝峯類説《しほうるいせつ》』では「南蛮椒には大毒があり、倭国からはじめてきたので、俗に倭芥子（倭辛子）というが、近ごろこれを植えているのを見かける」と書かれている。李盛雨《イソンウ》が『高麗以前の韓国食生活史研究』（一九七八年）で、日本からの伝来説を示して以降の通説となった。

私は唐辛子を切って焼酎に漬けておく。旨みだけが残って辛味が焼酎に移る。その旨み部分を料理に使う。辛さに隠れている唐辛子の持ち味が活きてくる。

きじやうゆの葉唐辛子を煮る香かな　草間時彦

青唐辛子耳まで辛くなりにけり　尾池和夫

アロエの花《あろえのはな》

〈花《はな》アロエ〉三冬 植物

アロエはツルボラン亜科アロエ属の植物の総称で、三〇〇種以上が知られている。南アフリカ共和国からアラビア半島まで広く分布するが、とりわけアフリカ大陸南部、およびマダガスカル島に集中し分布する。エジプトやギリシャなどでは紀元前から利用されている。日本には鎌倉時代頃に伝来し、現在はキダチアロエが九州、瀬戸内海、伊豆半島、房総半島などの太平洋側の海岸に帰化《きか》し、野生化している。

静岡県立大学の薬草園にも一六ほどの種類がある。アロエと名が付くものの中で、日本にあって食用に関わるものは、キダチアロエとアロエベラだけである。

キダチアロエは観賞用や食用として栽培されている。「キダチロカイ」とも呼ばれる。名の通り茎が伸びて立ち上がり、木質化《もくしつか》して、高さは一メートル以上になる。葉の外皮は苦味が強い。葉内部のゼリー質には苦味はない。アロエはワシントン条約で保護されており、キダチアロエも輸出入が制限されている。

「医者いらず」と呼ばれるほど薬効がある植物として有名である。健胃、便秘薬として生葉《なまは》の透明な多肉質《たにくしつ》部分を食べる。また、乾燥葉をアロエ茶として飲用する。水虫、火傷《やけど》に生葉の汁を外用する。胃腸の熱を冷まして炎症を治す薬草のため、胃腸が冷えやすい人や妊婦への服用は禁忌である。

アロエベラは和名を「シンロカイ」という。主に食用として栽培され、葉の外皮を剝いた葉肉が使用される。葉肉はゼリー状でキダチアロエと同様、苦味がないことからヨーグルトに入れる。刺身などにもされる。便秘に良いと言われる。世界的に「アロエ」と言えばアロエベラが一般的で、輸出入に関してアロエのなかでアロエベラだけは例外措置とされ、ワシントン条約の対象から除外されている。

森永乳業の「森永アロエヨーグルト」がよく知られているが、使用しているアロエベラの原産地はタイで、厳選された農家で栽培、収穫から加工にかけて厳しい選定を行う。鮮度を保つために現地タイで加工し、日本に輸入される。タイの加工工場は、世界最大規模のアロエ工場である。

水平線午後は明るしアロエ咲く

永方裕子

薬喰《くすりぐひ》

〈紅葉鍋《もみじなべ》〉三冬 生活

寒い時に滋養になる肉類を食べることを詠む季語である。かつて獣肉《じゅうにく》を食べることを嫌う時代があった。その時にも「薬」と称して実際は鹿や猪などを食べていた。

日本では、かつて鹿肉は猪肉と並んで一般に食される貴重な蛋白源であり、代表的な大型獣肉だったが、現代での流通や消費は少ない。北海道で増えすぎたエゾ鹿による農林業被害や交通事故が顕著になり、これを資源として利用しようとする取り組みが活発化している。エゾ鹿肉のカロリーは、牛肉、豚肉に比べて約三分の一、蛋白質はおよそ二倍、脂質は一〇分の一以下、鉄分は三倍と、栄養面で優れている。

鹿肉には「紅葉《もみじ》」という呼び名がある。紅葉鍋の由来は、猿丸大夫《さるまるのたいふ》が詠んだ百人一首にある「奥山に紅葉踏み分け鳴く鹿の聲《こえ》きく時ぞ秋はかなしき」という和歌であるとか、花札に描かれる横を向いた鹿の絵が元であるとかいう説がある。隠語としても使われていた。花札の役になぞらえて猪、鹿、鶏をセットにした「猪鹿鳥《いのしかちょう》」という言葉もある。

一般社団法人日本ジビエ振興協会のウェブサイトには、鹿肉に含まれるヘム鉄と呼ばれる鉄分は人間の身体に吸収されやすく、貧血や冷え性を予防する働きを持っているとある。猪肉は赤く、子どもの猪はピンク色で、肉質は豚肉に近い。家畜と比べると個体差が大きく、雌より雄の肉が柔らかい。また、冬季に捕獲した猪肉は柔らかく、高価格である。

猪肉の代表的な料理はぼたん鍋で、猪肉が牡丹の花のように大皿に盛りつけられる。私が育った高知の中山間地の家では、囲炉裏《いろり》の鉄鍋に大根と一緒に煮えている光景があったのが忘れられない。薄味の醤油味で、猪は煮込むほど柔らかくなる。俳人の右城暮石《うしろぼせき》もやはり高知の中山間地の出身で猪を詠んでいる。

冬になると私は猪のいい肉を手に入れて、京都のダイニングバー「biji」で、バクテーの鍋の豚の代わりに猪を入れてもらう。これが実に美味しくて俳句会の恒例の食事会になっている。バクテーはマレーシアの薬膳煮込料理で、肉体疲労、スタミナ不足に大変おすすめである。biji のランチタイムには薬膳カレーもある。約二〇種類の漢方のスパイスと骨付肉を煮込んだ薬膳スープに、さらに二〇種類のスパイスを加えた特製カレーである。

口上も家伝のうちや猪の鍋

尾池和夫

鯨《くぢら》

〈勇魚《いさな》〉三冬 動物

◆捕鯨《ほげい》〈勇魚取《いさなとり》・捕鯨船《ほげいせん》〉三冬 生活

鯨は哺乳類であり、小型のものをイルカと呼ぶ。白長須鯨《しろながすくじら》は体長二五メートル、現存の動物で最大である。抹香鯨《まっこうくじら》は十数メートルの大きさで、腸の結石から竜涎香《りゅうぜんこう》という香料を採取していた。高値で取り引きされている。

鯨肉の部位の呼び名は豊富で、それぞれにさまざまな調理法がある。日本では魚肉と位置づけられて古くから食用とされてきた。赤身は低脂肪、高蛋白で鉄分が多い。絶食状態でも長距離を泳ぐことのできる鯨の肉には、きっと素晴らしい成分があるにちがいない。「バレニン」という抗疲労成分であるアミノ酸を豊富に含んでいることから、食べる効能も期待されて薬膳鍋やスープにも使われる。

日本人だけでなく昔、英国のヘンリー六世と七世は鯨が大好物で、鯨肉は王侯貴族の高級食材であった。英国の古い法律用語でも鯨類を「ロイヤルフィッシュ」といった。イヌイットには鯨肉食文化があり、国際捕鯨委員会で先住民生存捕鯨が認められている。皮下脂肪付きの「マクタック」を口の中で噛《か》み続ける。

大阪府には「鯨のハリハリ鍋」がある。鯨料理店「徳家《とくや》」が発祥とされ、冬の味覚の郷土料理である。水菜を食べる時にハリハリッと音がすることからハリハリ鍋と名付けられた。日本で捕鯨が盛んだった頃は肉類のなかでも安価で手に入り、庶民にとっては慣れ親しんだ蛋白源であった。かつては大阪も鯨の流通が大変盛んで、鯨肉を用いた食文化が花開いた。国内有数の捕鯨基地である和歌山県太地町《たいじちょう》と距離が近いこともある。冬が旬の水菜を使うこと、そして体が温まる鍋物であることから寒い時節のメニューとして人気が高い。鰹節などで出汁をとり、醤油などを加えた鍋に水菜をたっぷり入れ、鯨肉を加え、煮立ったら完成である。水菜の歯切れ良い食感を楽しむには、サッと火が通ったあたりが良い。粉山椒《こなざんしょう》や七味唐辛子などをかけても良い。

鯨汁のれんが割れて空青き　岸本尚毅
はひらませあがらませとて鯨汁　尾池和夫

納豆《なっとう》　三冬 生活

◆納豆汁《なっとうじる》〈納豆汁《なっとじる》〉三冬 生活

納豆に含まれる蛋白質は良質で、筋肉作りなどの強い味方となる。蛋白質以外に、肉や魚にはほとんど含まれない食物繊維、鉄、カリウムなどの栄養素が含まれている。また納豆菌やナットウキナーゼなど、健康に良い働きが期待される成分も摂れる。

納豆菌は腸の中で善玉菌として働き、腸内環境を整える。鉄は貧血の予防に役立つ。鉄が不足しやすい成人女性は一日に一〇・五〜一一ミリグラムの鉄を摂る必要があるが、納豆一パック（四〇グラム）で一・三ミリグラムを補給できる。ナットウキナーゼは、血栓を溶かす作用が期待できる。納豆は発酵することで大豆とは違う効能を持つ。

循環器系の治療を受けると必ず納豆のことが出てくる。ワーファリン（ワルファリン）という血液をサラサラにする薬がある。納豆菌が腸内でビタミンKを生み、これは血液を凝固させる作用があるためワーファリンの効果を邪魔してしまう。そのため、ワーファリンを服用している人は納豆を食べるのは禁忌とされる。

インドネシアで生まれた大豆発酵食品のテンペは、肉のような食べ応えがあることから、ベジタリアンやヘルシー志向の人に注目されている。テンペには日本の納豆ほどの香りがないので、使いやすいかもしれない。また、大豆の周りに白っぽい菌糸が見られるが、納豆のようなネバネバ感はない。テンペ菌はバナナやハイビスカスの葉に付着しているクモノスカビの一種で、茹でた大豆をバナナの葉に包むとバナナの葉にあるテンペ菌の働きで発酵が進み、テンペができる。

テンペと野菜をオリーブオイル、赤ワイン、筍などとともに炒める。味噌で旨みを出した一品が美味しい。また、ドライカレーも作る。生姜、蒜は細かめに切り、オイルをひいて香りをたて、玉葱と人参を加え、透き通るまで炒める。茄子とテンペを加えてサッと加熱し、パプリカとピーマンを入れる。スパイスでカレーの味付けをする。私は菜食主義ではないので適当に肉も加える。気候と自分の体調で材料と味を変えられる料理である。

納豆の一粒ごとに箸の技

尾池和夫

味噌搗《みそつき》

〈味噌焚《みそたき》・味噌搗《みそつ》く・味噌作《みそつく》る・味噌仕込《みそしこ》む〉三冬 生活

味噌を仕込むために大豆を柔らかくなるまで煮て、臼《うす》で搗くことを詠む季語である。穀物に麹菌を繁殖させた麹や塩を混ぜて発酵させることで、大豆の蛋白質を消化しやすく分解し、旨みの元であるアミノ酸を多量に遊離するのが味噌である。穀物由来の麹が増えると澱粉が糖に変わり甘味が増す。大豆が増えるとアミノ酸による旨みが増す。

味噌は日本の食生活において重要な蛋白源であり、精進料理などの動物性の蛋白質を摂取しない食事では特に重要である。副食が豊富になった現在では味噌は調味料とみなされるが、江戸時代中盤以前、味噌は副食であった。「医者殺し」と言われ、健康を維持する効果が経験的に知られていた。薬膳としても、消化吸収にかかわる機能を高め、体内の毒素を排出するデトックスの効果があると言われている。金山寺《きんざんじ》味噌、豚《ぶた》味噌（アンダンスー）、魚《さかな》味噌、朴葉《ほおば》味噌などの加工品が現在もある。

味噌を使う料理では、名古屋の味噌煮込みうどん、札幌の味噌ラーメン、石狩鍋、土手鍋などがある。五平餅《ごへいもち》は中部地方の山間部に伝わる郷土料理で、粒が残る程度に半搗きにした粳米飯《うるちまいめし》に味噌のたれを付けて串焼きにする。西京漬《さいきょうづけ》は京都の白味噌「西京味噌」を使って作られる味噌床《どこ》に、魚や肉の切り身などを漬け込んで作る伝統料理である。西京味噌の名は、東京に遷都した明治維新以降、京都が西の京となった歴史による。

味噌汁は和食の定番である。栄養を逃さないためにはいくつかのポイントがある。味噌汁を沸騰させると香りが逃げるため、具にしっかりと火を通してから一旦火を止めて味噌を入れて軽く温める。また、味噌汁が腸に良いのは乳酸菌が含まれるからで、この乳酸菌も加熱によって死滅する。発酵の力を最大限に得るためにも、味噌を入れてからは沸騰させないようにする。しかし、じつは死滅した乳酸菌は腸内で善玉菌の餌となるため、効果がまったく消えてしまうわけではない。

東アジアや東南アジアの各地に、大豆やその他の豆や穀物を原料とするペースト状の発酵調味料、穀醤《こくびしお》がある。味噌に似ている。中国の豆板醤《とうばんじゃん》、韓国のコチュジャンなどがあり、日本では唐辛子味噌などと呼ぶこともある。

味噌を搗く少し焦げたる豆も搗く

尾池和夫

七種《ななくさ》

〈七草《ななくさ》・七種粥《ななくさがゆ》・薺粥《なずながゆ》・若菜粥《わかながゆ》・七日粥《なぬかがゆ》・若菜《わかな》の日《ひ》・宵薺《よいなずな》・二薺《ふたなずな》・若菜《わかな》の夜《よ》・叩《たた》き菜《な》・七種《ななくさ》もらい・七種売《ななくさうり》〉新年 生活

春の七種（七草）には多くの傍題がある。また、新年の生活の季語には、若菜摘《わかなつみ》（若菜摘《わかなつ》む・若菜狩《わかながり》・若菜籠《わかなかご》）、薺打《なずなう》つ（薺《なずな》はやす・七草打《ななくさう》つ・七草《ななくさ》はやす）、七種爪《ななくさづめ》（七草爪《ななくさづめ》・薺爪《なずなづめ》）など、豊富な表現があり、日本の文化に重要な位置を占めていることがわかる。

春の七草とは、野草または野菜から選ばれた七種類を指す。せり（芹）、なずな（薺、別名ペンペングサ）、ごぎょう（御形・五形、植物名ハハコグサ、別名オギョウ）、はこべら（繁縷、植物名ハコベ）、ほとけのざ（仏の座、植物名タビラコ・コオニタビラコ）、すずな（菘、植物名カブ）、すずしろ（蘿蔔、植物名ダイコン）である。普段は植物名や別名で呼ばれるものも多く、表記も複数ある。それぞれの植物もまた、新年の季語となっている。

一月七日は「人日《じんじつ》の節句」で、この日、七草を粥や雑炊に炊き込んで食べて、一年間の邪気を祓《はら》う。食用の場合、七草それぞれに効能があるが、消化吸収を助けむくみを取り、咳や痰などにも効く七種が入っていることから、正月の時節にかなった行事食であるといえる。

大根と蕪《かぶ》は栽培種であるが、それ以外は野生でよく見かける。芹は湿った所に生え、薺や母子草《ははこぐさ》、はこべは静岡県立大学薬草園の圃場《ほじょう》周辺でも秋から発生する。田平子《たびらこ》は近縁の藪《やぶ》田平子とよく似ているので区別が難しい。一般に田平子と言えば小鬼《こおに》田平子を指し、藪田平子は七草には用いない。

私が以前、七草粥のために静岡の生活協同組合ユーコープ城北店で購入した蘿蔔《すずしろ》（大根）には、大変残念なことに葉が付いていなかった。大根の葉には豊富な栄養があり、私は俳句の講義の時にも、この「大根の葉」を兼題にして詠むことを学生にすすめている。

七草を植ゑて如何にも春の土　　後藤比奈夫
七種の文書きなほし書きなほし　　田中裕明
七草の日を履初に桐の下駄　　尾池和夫

春の七草（イラスト：李恩珠《イウンジュ》）

上側、左から右へ、せり、なずな、はこべら。

下側、左から右へ、ごぎょう、ほとけのざ、すずな、すずしろ。

このすずしろ（大根）には葉が付いている。大根の葉はβ-カロテンを含む緑黄色野菜であり、ビタミンCやE、カリウム、カルシウム、鉄などのミネラル類、葉酸、ビタミンEなどが含まれ、とくにカルシウムの含有量は、野菜の中でも上位である。この葉を刻んで雑魚《じゃこ》と一緒に炒めて振りかけなどにして食すと良い。

大根や蕪（すずな）の葉を入れる七草粥は、ビタミン類の失われやすい冬を健康に過ごすための知恵である。

Ⅳ 稲と米の四季

―地球の恵みを科学する―

耕《たがやし》

〈耕《たがや》す・耕《たがえし》・春耕《しゅんこう》・耕人《こうじん》〉三春 生活

◆秋耕《しゅうこう》 三秋 生活　冬耕《とうこう》 三冬 生活
春《はる》の土《つち》〈土恋《つちこい》し・土現《つちあらわ》る・土匂《つちにお》う〉三春 地理　凍土《いてつち》 三冬 地理

「食べる」ということに関して一番大切なものは何かと聞かれたら、私は「土《つち》」と答える。日本人は土はどこにでもあると思っているが、じつはそうではない。先日、東海道新幹線で静岡から東京まで往復してきたが、その間まったく土を見なかった。帰宅してやっと出会ったのは、家の中の鉢植の土だった。

「耕」は、春の一番はじめの農作業を詠む季語である。種を蒔《ま》いたり苗を植える前に田畑を鋤《す》き返すことを「耕す」という。寒い地域では雪解けを待って耕す。春の感が強い季語である。耕すのは「土壌《どじょう》」である。

土壌は、地球上の陸地の表面を覆っている鉱物、有機物、気体、液体、生物の混合物である。一般にそれを「土」と呼ぶ。陸地や浅い水中の堆積物《たいせきぶつ》を指す。地球の土壌は「土壌圏」を構成しており、四つの重要な機能を持って生命を支えている。植物の生育媒体となる、水を蓄え供給し浄化する、地球の大気の組成《そせい》を変える、生物の住みかとなる、という四つである。これらのすべてが土壌を変化させる働きを持っている。

「耕す」という行為は、この土壌のシステムに「人」が変化を与える行為である。土壌は植物にとって主要な栄養供給源となる。土壌の種類と利用可能な水の量が、栽培できる植物の種を決める。土壌の劣化とは、人あるいは自然による土地の機能を害するような変化の過程であり、土壌の酸性化、汚染、砂漠化、侵食、塩害などが含まれる。農作物の生育と収穫で土壌の栄養が減少することも多い。対策として、施肥《せひ》や有機物の補給、同じ場所で違った植物を年ごとに定期的に交代させて栽培する「輪作《りんさく》」などの対策がある。

小説家の水上勉《みずかみつとむ》は少年の頃、京都の禅寺で精進料理の作り方を教わった。著作『土を喰う日々』は、貴重なクッキング・ブックであると同時に、香ばしい土の匂いを忘れてしまった日本人の食生活の荒廃を悲しむ、異色の味覚エッセイでもある。

（カラー150頁）

宍道湖につづく平らを耕せる

片山由美子

霾《つちふる》

〈霾《ばい》・霾晦《よなぐもり》・霾風《ばいふう》・霾天《ばいてん》・黄砂《こうさ》・黄沙《こうさ》〉三春 天文

大陸のタクラマカン砂漠やゴビ砂漠などは、乾燥、半乾燥地帯で、その砂が風に乗って飛んでくる現象を「霾」という。日本では「黄砂」として知られる。日本の昔の歌に詠まれた春霞は、ほとんどの場合、黄砂である。朧月夜《おぼろづきよ》も黄砂が原因で起こる。

二〜五月、とくに四月に多く、夏に最小となる。夏になると半乾燥地に下草《したくさ》が生え、砂が舞い上がりにくくなるためである。ライダー装置による黄砂観測を環境省が行い、黄砂飛来情報を午前五時頃に発表する。この情報を得て、黄砂の句を詠みに出かけることができる。

「霾」については「よなぼこり」「よなぐもり」という言葉も使われる。「よな」とは火山灰を指す古い日本語で、黄砂も火山灰の一種と見なしていたことから「よな」といった。火山灰も黄砂も元来はきれいなものである。大陸から飛来する黄砂は、アルカリ性の土壌のもので、酸性雨を中和してくれる。沿岸から遠い太平洋は、普段、貧栄養状態であるが、黄砂の飛来は鉄分、ミネラルを海水にもたらし、植物プランクトンを増やす。火山灰や黄砂によって生み出された肥沃《ひよく》な土地の恩恵を受けて、私たちは大地の産物を味わってきた。一方、黄砂による災害は直接的な被害を出すこともある。飛来する黄砂が、汚染物質を含まない本来の黄砂に早く戻ってほしいと願う。

土壌のでき方には二通りある。一つは岩石が風化してできる土壌で数万年単位の時間を要する。もう一つは火山灰が風化してできる土壌で、数千年単位で時間は短い。北海道、東北、関東、九州には火山灰からできた「黒《くろ》ボク土《ど》」がある。黒ボク土には食物の生育には向かないという大きな欠点があり、農耕地としての開発を困難にしてきた。弥生時代に日本列島に伝来した水田稲作の伝播は、黒ボク土地帯を避けて移動した。

日本の最も古い水田の遺跡は、九州北部の玄界灘《げんかいなだ》沿岸の平野に集中している。この地域は大陸に近く、黄砂が厚く堆積し、火山灰の影響が少ない玄武岩《げんぶがん》や花崗岩《かこうがん》の風化物からできている。水稲《すいとう》に適した土壌である。大分県の国東《くにさき》半島近くまで続く。宇佐《うさ》まで到着した水田稲作は、黒ボク土により南下することを阻まれ、瀬戸内へと進んでいった。

霾や寺の瓦當《がとう》の雲気文

尾池和夫

水喧嘩《みづげんくわ》

〈水論《すいろん》・水争《みずあらそい》・水敵《みずかたき》〉仲夏 生活

灌漑用水《かんがいようすい》の水田への分配（分水）をめぐる紛争が「水喧嘩」である。水喧嘩の原因の一つに、農業用水の分水の公平性の確保があげられる。中世の日本で、旱魃《かんばつ》などが起こると暴力行為を伴う紛争となった。近世においては暴力より訴訟が主となり、領主は示談をすすめた。さらに、水利権《すいりけん》の管理は、領主の裁定から、水利慣行として守られる用水組合を基本とした村落間の自治へと移っていった。

争いの具体的な原因には、堰《せき》の構造や樋《とい》の形態の変更、浚渫《しゅんせつ》（川底の土砂を掘り取ること）による流量変化、新田開発による用水の均衡の変化から、取水時間や順番（番水）、分水施設の公平さをめぐってなど、さまざまな事情があった。

近代以降では、ポンプ使用を認めるかどうかが水利問題に発展した。現代では、干拓《かんたく》やダム建設による農業者と漁業者との利害対立や、水害防止、水資源確保、環境保護の観点の違いによる対立がある。

水田の問題については、「灌漑」という視点でも語ることができる。

鹿児島県の大地は、桜島《さくらじま》の古代の大噴火による火砕流《かさいりゅう》噴出物と火山灰が堆積した、白っぽい「シラス」によって土壌の多くが形成されている。シラスは粒が粗くて水はけが良すぎるために稲作には向かず、かつては甘藷《さつまいも》や茶などの農作物しか栽培できなかった。一九五五（昭和三〇）年以降、灌漑用水の設備によって水の確保に努めたことから、鹿児島ではさまざまな農作物の栽培や稲作が行われるようになった。

夏から秋に訪れる台風を避けるために、暖かい気候を活かして七月中旬頃から収穫する「早期水稲」と、一〇月上旬から収穫する「普通期水稲」があり、二〇二二年で八万六千トン程度の米が生産されている。霧島山系《きりしまさんけい》を源流とし、錦江湾《きんこう》まで注ぐ天降川《あもりがわ》周辺では、特に稲作が盛んである。鹿児島を代表する銘柄「ヒノヒカリ」、独自の銘柄「はなさつま」など、数多くの品種が栽培されている。

顔に日をあびて水喧嘩の相手　今瀬剛一

水争ひ跡あまたなり千枚田　尾池和夫

虫送《むしおく》り

〈虫流《むしなが》し・実盛送《さねもりおく》り・田虫送《たむしおく》り・稲虫送《いなむしおく》り〉晩夏 生活

稲作は苗の時から収穫まで、害虫との戦いが絶えない。害虫は、浮塵子《うんか》、蝗《いなご》、蛾《が》、亀虫《かめむし》、羽虫《はむし》、象虫《ぞうむし》などである。無農薬栽培では天敵で対策する。

稲作に対する虫の被害は、農家の苦労の一つである。虫送りの行事は、虫の害は不幸な死をとげた人の怨霊《おんりょう》と考える御霊《ごりょう》信仰に関係して、「害のあるものを外に追い出す」という考えの一つで、神社で行われる形代《かたしろ》に穢《けが》れを移す風習と共通性が見られる。

春から夏にかけての夜、松明《たいまつ》を焚《た》いて行う。藁人形を作って悪霊をかたどり、害虫をくくりつけて、鉦《かね》や太鼓を叩きながら行列して村境《むらざかい》まで行き、川などに流す。全国各地に虫送りの伝統があるが、次第に少なくなってきた。火事の危険などを理由に取り止めた地域もある。

「実盛送り」という季語もある。平家の武将、斎藤別当実盛《さいとうべっとうさねもり》は、篠原《しのはら》の戦いで乗っていた馬が田の稲株《いねかぶ》につまずいて倒れたところを源氏の兵に討ち取られてしまった。その恨みで稲虫《いなむし》と化して稲を食い荒らすようになったという言い伝えがある。稲虫は「実盛虫」と呼ばれ、実盛の霊を鎮《しず》めて稲虫を退散させる。

滋賀県近江八幡市《おうみはちまんし》北部の島町《しまちょう》と北津田町《きたつだちょう》では、害虫を「いもち」と呼ぶ。当地域では途絶えていた伝統行事を継承しようと虫送りを復活させ、「いもち送れー」と唱えてまわる。京都市左京区の百井《ももい》、花脊《はなせ》、広河原《ひろがわら》で存続している虫送りでは、「泥虫《どろむし》出てけ、刺《さ》し虫《むし》出てけ」「すっとすっとすっとせい」などと唱えながら田の畦道《あぜみち》をねり歩く。

香川県の小豆島《しょうどしま》では、肥土山《ひとやま》と中山《なかやま》で虫送りが行われる。三五〇年以上前から伝わる「肥土山の虫送り」は土庄町《とのしょうちょう》指定無形民俗文化財である。地元では「稲虫送り」という。半夏生《はんげしょう》（「章魚」62－63頁）の日に行われ、地域を練り歩く際は「稲虫くるなー」と唱えて廻る。同じく中山には小豆島町指定無形民俗文化財の虫送りがある。二〇一一年に公開された松竹映画『八日目《ようかめ》の蟬《せみ》』では、中山の千枚田《せんまいだ》の畦道を歩き、害虫駆除と豊作を願う様子が撮影された。

（カラー151頁）

残り火を海へ投げたる虫送り　茨木和生

七月二日なり肥土山の虫送　尾池和夫

籾《もみ》

〈籾干《もみほ》す・籾摺《もみすり》・籾筵《もみむしろ》・籾臼《もみうす》・籾摺歌《もみすりうた》・籾殻焼《もみがらや》く〉仲秋 生活

稲の脱穀と乾燥が終わると、いよいよ「籾摺」である。籾から籾殻を取り除いて玄米にする作業で「脱《だっ》ぷ」ともいう。乾燥機で乾燥させた籾は熱くなっているため、一週間ほど冷ます。ロール式の籾摺機では、籾が二つのゴムロールの間を通過する時に籾に働く圧力とロールの回転速度の違いで、籾殻が剝《は》がれる仕組みになっている。「脱ぷ率」は約八〇～八五パーセントである。籾を高速で壁にぶつけて脱ぷする衝撃式の籾摺機もある。この過程で砕けたり割れたりした「くず米」を取り除き、つやつやと輝く品質の良い玄米が米袋に詰められて出荷される。くず米は、菓子の原料や飼料として活用される。

収穫された米は加工されて出荷される。加工の度合いによって米の呼び方が変わる。それとともに栄養価と食感が変わる。

最も加工が少ないのが玄米である。続いて、玄米の表面から胚芽《はいが》と糠層《ぬかそう》を削り取る「精《せい》米《まい》」という工程がある。精米で削り取る割合を変えると白米《はくまい》や胚芽米《はいがまい》などができる。胚芽米は玄米から糠層を削り、胚芽が八割以上残るように精米した米である。玄米より食べやすく、白米より栄養がある。

玄米は最も栄養豊富である。ビタミンやミネラルなどの栄養素がバランスよく含まれており、完全栄養食とも呼ばれる。嚙む回数も増えるので健康的である。ただし、米に残留農薬がある場合、農薬は油に溶けやすく、七〜八割は脂質が多い糠や胚芽の部分にたまるため、注意が必要である。玄米を選ぶ時には、農薬残留検査をした商品を選ぶ。

玄米に水を与え、わずかに発芽させた米を「発芽玄米《はつがげんまい》」という。発芽させることで酵素が活性化し、芽を出すために必要な栄養が玄米の内部に増える。総合的に栄養価が高く、特にストレス軽減作用で知られる「ギャバ」は、白米の約一〇〜一五倍含まれる。カリウム、マグネシウムなどのミネラルや不飽和脂肪酸は、高血圧症の改善に効果があり、鉄分を含むので貧血症の改善に効果がある。食物繊維が豊富である。

白米は最も柔らかく炊き上がる。重量の約九〇パーセントが炭水化物である。

籾殻のひとり燃えゐて日本海　神蔵　器

籾殻焼く煙連山隠しけり　尾池和夫

新米《しんまい》

〈今年米《ことしまい》〉晩秋 生活

新米ができるまでには田起こしから始まる半年の工程がある。秋耕《しゅうこう》と春耕《しゅんこう》がある。次に畔塗《くろぬ》りで、割れ目やもぐらなどによる穴を塞ぐ。基肥《もとごえ》を施す。入水、代掻《しろか》きを行う。次は種籾《たねもみ》の塩水選《えんすいせん》を行う。塩水に種籾を入れてかき回しながら沈んだ種籾を使う。消毒は薬剤を使うが、湯温消毒することもある。次に浸種《しんしゅ》は種籾の発芽をそろえるために行う。苗代《なわしろ》の準備を行う。種まきの作業は、土を詰めておいた育苗箱《いくびょうばこ》に種籾をまく。育苗箱は苗代に並べて、トンネルを設置して苗を育てる。育苗管理は日を当てないようにして出芽を促し、出芽したら弱い光に三日程度当てて緑化させる。その後はトンネル内で徐々に自然環境に慣らす「硬化《こうか》」を行う。約一か月の期間を経て田植えに適した苗に育てる。

代掻き作業が完了した田んぼに田植えを行う。水管理は稲の生育に合わせて深水《しんすい》、浅水《せんすい》、中干《なかぼ》し、間断灌漑《かんだんかんがい》と呼ばれる工程を行う。深水は、寒さから守るため水深を五〜七センチにして管理し、田植え直後から活着《かっちゃく》するまで行う。浅水は活着後、水を二〜四センチに浅くして地温を上昇させて生育を促す。中干しは水を抜き、七～一〇日間かけて土を乾燥させる。生育のピークを迎える頃に行う。間断灌漑はその後、水を入れたり抜いたりするのを繰り返す作業である。酸素と水分の供給を交互に行い、健全な根を育てる。

そして追肥《おいごえ》である。生育状況や天候などを見ながら施す。除草作業は除草剤を使用するが、合鴨《あいがも》などの生物を利用する方法、除草機で土を撹拌《かくはん》して雑草を浮かせる方法もある。落水《らくすい》は稲刈りの約一〇日前に水を抜く作業で、天候などをみて最適な時期に行う。出穂《しゅっすい》から約四〇日、稲穂が黄金色になり垂れ下がったら収穫の合図となる。脱穀した籾は水分を多く含んでいるので貯蔵性が良くないため、水分が一四～一五パーセントになるよう籾を機械で乾燥させる。その後、籾摺で玄米にし、糠層《ぬかそう》を取り除き精米する（236-237頁）。

新米と古米とを比べた際、じつは栄養面では大きな違いがない。また、古米にも新米にもそれぞれの美味しさがある。古米の方が水分量が少なく、寿司飯にすると寿司酢が浸透しやすい。さらに保存法によっては古米の方が美味しいと言われる。寒冷地域では新米を一年間、摂氏〇度ほどの環境で寝かせておく低温保存法がある。米の旨みが増す。

（カラー152頁）

新米を年貢と運びくれし人

尾池和夫

稲妻《いなづま》

〈稲光《いなびかり》・稲《いな》つるび〉三秋 天文

◆雷《かみなり》〈神鳴《かみなり》・雷《らい》・いかづち・はたた神《がみ》・鳴神《なるかみ》・雷鳴《らいめい》・迅雷《じんらい》・遠雷《えんらい》・軽雷《けいらい》・落雷《らくらい》・雷雨《らいう》・日雷《ひがみなり》〉三夏 天文

神社には注連縄《しめなわ》と鈴がある。雲と雷の象徴である。昔の人たちは、「今年も雷がたくさん落ちますように」と、神に願ってお参りした。雷の自然放電により大気中の窒素《ちっそ》が分解され、雨に溶けて土壌に固定され（窒素固定）、稲の成長に利用できる形態に変換される。雷が多く鳴った年は米が豊作になると、日本人は経験的に知っていた。雷の語源は「神鳴り」であり、雷の電光「稲妻」の語源は「稲の夫《つま》」なのである。

実験用の放電装置を使い、落雷と同様の状態を作り出し、貝割れ大根の成長の様子を調べた研究がある。五〇秒間放電してから育てた種子は、放電しなかった種子に比べて成長が約二倍になった。さらには育てるための水道水にも放電させた水を使ったら、芽の伸びが二倍になった。結果を「科学シンポジウム」で発表して最優秀賞を受賞したのは、島根県松江《まつえ》市の高校生である。

地球上の物質は分解されて元素に辿り着く。元素は一定の量を維持して、地球生態系という閉じられた枠の中で循環している。窒素はすべての蛋白質の構成要素で、窒素がなければ生命は存在しない。地殻《ちかく》中に存在する窒素はわずかだが、大気に占める窒素ガスの割合は約七八パーセントである。ただし、大気中の窒素ガスは非常に安定しており、植物や動物に直接利用されることはない。地球生態系では、不活性の窒素ガスが反応性の高い窒素化合物に変換されて、動植物が利用可能な形態になる。

その過程は二つある。一つは、生物による窒素固定で、一部の微生物が大気窒素を取り込み、体内で代謝を行い、有機窒素化合物を生成する。豆の根粒菌《こんりゅうきん》がその例である。もう一つが雷の空中放電による窒素固定である。生物により年間一・八億トン、雷などの自然放電により年間〇・四億トン、窒素固定が行われて動植物がその恩恵を受けると言われている。

アカシヤに夕焼雲のいなびかり　飯田蛇笏

あとがき

この本の原稿を書くためにたくさんの食材を手に入れては料理して食べた。それも何度も試作して味を確認し、他の方にも食べてもらって意見を聞きながら食材の特徴を確かめた。おかげで意識して運動しながら暮らすこととなった。静岡市と宇治市の間を行き来しながら試食に付き合ってくれた葉子は、さいわい栄養士の資格を持ち、しかも私の主宰する俳誌『氷室』の編集長でもあり、食べ物にも俳句にも厳しい眼で意見を述べてくれた。

私の職場である静岡県立大学には優れた専門家がいる。特に薬学部附属の薬草園があって、そこには八〇〇種を超える薬草があり、専門員の山本羊一さんに植物のことを、現物を前にしながら教えてもらうことができる。薬草園の園長である渡辺賢二教授は、有用天然物の解読された酵素遺伝子をもとに創薬の研究を行っている。副学長の小林公子さんは食品栄養科学部の教授で、昆虫の利用なども研究している。また、副学長の富沢壽勇さんはハラル食品に詳しい。

一方で私は日本ジオパーク委員会の委員長として各地を巡る機会があり、そこでは「見る、食べる、学ぶ」を標語に活動した。委員会を辞めてからは標語に「詠む」も加えて吟行句会を企画する。大地の恵みを活かして暮らしに定着してきた地元の食材や料理が楽しめる。そこでは各地のジオパーク活動を進める方たち、特にガイドさんたちの知恵が貴重である。

最近ではインターネット社会の特徴である検索利用による取材も役立つ。また、人工知能から得られる情報を、専門分野の研究者に確認しながら、あるいは場合によっては自分で現地へ出かけて確認しながら取り込むことも多かった。

これからの社会では安全と健康を基本として長寿社会を形成していくことが重要である。そのためには脚を使って現地へ吟行に出かけることが役に立つ。季語を食べ、季語を飲み、季語を詠むという体験を多くの方に実践してほしいと願っている。その時の参考にしていただける本であったら嬉しい。帯文には、夏井いつきさんに素晴らしい推薦の言葉をお寄せいただいた。編集では、淡交社の萩野谷龍悟さんと薮本祐子さん、装丁や写真では、カメラマンの高橋さん、デザイナーの大西さんにとてもお世話になった。本の内容、試食、検証などでお世話になっている方々が多く、皆さまに深く感謝いたします。

二〇二三年一一月一七日　静岡県立大学学長室にて

参考文献

井上弘美『季語になった京都千年の歳事』KADOKAWA、二〇一七年
池上保子監修『おいしいクスリ食べもの栄養事典』日本文芸社、二〇〇五年
茨木和生『西の季語物語』角川書店、一九九六年
茨木和生『季語の現場』富士見書房、二〇〇四年
岩槻邦男『日本の野生植物―シダ　新装版』平凡社、一九九九年
岩槻秀明『最新版　街でよく見かける雑草や野草がよーくわかる本』秀和システム、二〇一四年
宇多喜代子『古季語と遊ぶ―古い季語・珍しい季語の実作体験記』角川選書、二〇〇七年
宇多喜代子『暦と暮らす―語り継ぎたい季語と知恵』NHK出版、二〇二〇年
榎本好宏『季語成り立ち辞典』平凡社、二〇一四年
尾池和夫『四季の地球科学―日本列島の時空を歩く』岩波新書、二〇一二年
尾池和夫『変動帯の文化―国立大学法人化の前後に（京都大学総長メッセージ二〇〇三―二〇〇八）』京都大学学術出版会、二〇〇九年
尾池和夫『季語の科学』淡交社、二〇二一年
岡田恭子『食べる野草図鑑―季節の摘み菜レシピ一〇五』日東書院本社、二〇一三年
岡林一夫・中島肇編『京都お天気歳時記』一九八七年、かもがわ出版
櫂未知子『季語の底力』日本放送出版協会、二〇〇三年
櫂未知子『季語、いただきます』講談社、二〇一二年
片山由美子『季語を知る』角川選書、二〇一九年
角川書店編『俳句歳時記　第五版』（春・夏・秋・冬・新年）角川ソフィア文庫、二〇一八年
上村登『なんじゃもんじゃ―植物学名の話』北隆館、一九七三年
上村登『花と恋して―牧野富太郎伝』高知新聞総合印刷、二〇二一年
姜尚美『京都の中華』幻冬舎文庫、二〇一六年
杏仁美友『朝に効く薬膳　夜に効く薬膳』大泉書店、

二〇一四年
杏仁美友『まいにちの食で体調を整える！　プレ更年期の漢方』つちや書店　二〇一九年
小泉武夫『くさいはうまい』文春文庫、二〇〇六年小泉武夫『食と日本人の知恵』岩波現代文庫、二〇〇六年
佐藤洋一郎編『知っておきたい和食の文化』勉誠社、二〇二二年
新海均編『季語うんちく事典』角川ソフィア文庫、二〇一九年
杉浦日向子『大江戸美味（むま）草紙』新潮社、一九九八年
杉浦日向子『杉浦日向子の食・道・楽』新潮文庫、二〇〇九年
杉浦日向子『ごくらくちんみ』新潮文庫、二〇〇六年
巽好幸『「美食地質学」入門―和食と日本列島の素敵な関係』光文社新書、二〇二二年
寺尾純二・下位香代子監修『ポリフェノールの科学―基礎化学から健康機能まで』朝倉書店、二〇二三年
中村順行・海野けい子監修『緑茶はすごい！―健康寿命をぐんぐん延ばす　淹れ方、飲み方、選び方』中央公論新社、二〇二三年
中谷宇吉郎『立春の卵』書林新甲鳥、一九五〇年
夏井いつき『絶滅寸前季語辞典』ちくま文庫、二〇一〇年
夏井いつき『絶滅危急季語辞典』ちくま文庫、二〇一一年
畠山重篤『森は海の恋人』文春文庫、二〇〇六年
林将之『秋の樹木図鑑―紅葉・実・どんぐりで見分ける約四〇〇種』廣済堂出版、二〇一七年
福永真弓『サケをつくる人びと―水産増殖と資源再生』東京大学出版会、二〇一九年
藤井一至『土　地球最後のナゾ―100億人を養う土壌を求めて』光文社新書、二〇一八年
前橋健二・浅利妙峰『旨みを醸し出す麹のふしぎな料理力』東京農業大学出版会、二〇一二年
牧野富太郎『牧野日本植物図鑑』北隆館、一九四〇年
松田久司監修・淡交社編集局編『カラダのために知っておきたい　漢方と薬膳の基礎知識』淡交ムック、二〇二〇年
水上勉『土を喰う日々―わが精進十二ヵ月』新潮文庫、一九八二年
家森幸男監修『Dr.Yamoriの長寿食のススメ―カラダに美味しい世界の料理』淡交ムック、二〇〇二年
家森幸男『80代現役医師夫婦の賢食術』文春新書、二〇二三年

参考ＵＲＬ

尾池和夫　静岡県立大学学長ブログ　薬草園歳時記
https://www.u-shizuoka-ken.ac.jp/guide/outline/oike02/

尾池和夫　静岡県立大学学長エッセイ　静岡の大地を見る
https://www.u-shizuoka-ken.ac.jp/guide/outline/oike01/

厚生労働省　自然毒のリスクプロファイル：高等植物：アジサイ
https://www.mhlw.go.jp/stf/seisakunitsuite/bunya/0000082116.html

厚生労働省　自然毒のリスクプロファイル
https://www.mhlw.go.jp/stf/seisakunitsuite/bunya/kenkou_iryou/shokuhin/syokuchu/poison/index.html

農林水産省　うちの郷土料理　次世代に伝えたい大切な味
https://www.maff.go.jp/j/keikaku/syokubunka/k_ryouri/index.html

農研機構　農研機構について
https://www.naro.go.jp/introduction/index.html

内閣府　食品安全総合情報システム
https://www.fsc.go.jp/fsciis/

養命酒　薬膳とは？　いつもの食材でできる薬膳の基本
https://www.yomeishu.co.jp/health/3371/

中村学園大学短期大学部　薬膳科学研究所
https://www.nakamura-u.ac.jp/institute/yakuzen/

朝日新聞GLOBE＋　精進料理は日本伝統のヴィーガン料理？　禅僧が教えてくれる、その違いにある深い意味
https://globe.asahi.com/article/14466794

普茶料理　梵　精進料理と普茶料理
https://www.fuchabon.co.jp/detail5/detail5.html

黄檗宗大本山萬福寺　普茶料理
https://www.obakusan.or.jp/eat/

OnTrip JAL　仙台の簞笥料理と、京都の普茶料理。東西おもてなし料理の美食旅
https://ontrip.jal.co.jp/tohoku/17500895

日本中医学院　物知り中医学
https://www.jbucm.com/monoshiri.html

東京農業大学　毎日の暮らしに活かす薬膳・中医学
https://www.nodai.ac.jp/general/learn/extension/course/d105/

Wikipedia　薬膳
https://ja.m.wikipedia.org/wiki/%E8%96%AC%E8%86%B3

全日本民医連　くすりの話　192　薬膳とは
https://www.min-iren.gr.jp/?p=28067

北海道大学薬学部・大学院薬学研究院　薬草園の紹介
https://www.pharm.hokudai.ac.jp/garden.html

静岡県立大学薬草園
https://w3pharm.u-shizuoka-ken.ac.jp/~yakusou/Botany_home.htm

一般社団法人日本薬膳学会　講座のご案内
https://www.jsmd2013.jp/course/

本草薬膳学院　薬膳の旅
https://honzou.jp/travel/

神奈川県　薬膳料理のつくりかた
https://www.pref.kanagawa.jp/docs/y2w/kenseipj/yakuzen.html

株式会社フードテックジャパン　然の膳
https://zen-no-zen.com/

クボタグループ　クボタのたんぼ
https://www.kubota.co.jp/kubotatanbo/

索引

本書に掲載の見出し季語、関連季語の現代仮名遣いによる索引です。
太字は見出し季語です。

尾池和夫［おいけ・かずお］

静岡県立大学学長。地球科学者。専門は地震学。京都大学博士（理学）。京都大学名誉教授。1940年東京に生まれ高知で育ち、土佐高等学校を卒業。63年に京都大学理学部地球物理学科を卒業後、同防災研究所助手、助教授を経て、88年に理学部教授。京都大学第24代総長、京都芸術大学学長を務め、現職。

地震学会委員長、日本ジオパーク委員会委員長、日本学術会議連携会員、政府の東京電力株式会社福島第一原子力発電所における事故調査・検証委員会委員、日本学術会議第23期外部評価有識者会議座長などを歴任。

『中国の地震予知』（NHKブックス、1978年）、『日本地震列島』（朝日文庫、1992年）、『日本列島の巨大地震』（岩波科学ライブラリー、2011年）、『四季の地球科学』（岩波新書、2012年）など専門分野の著書多数。

氷室俳句会を主宰し、句集に『大地』（角川書店、2004年）『瓢鮎図』（角川書店、2017年）があり、俳句エッセイとして『季語の科学』（淡交社、2021年）などがある。俳人協会評議員を経て現在同名誉会員。日本文藝家協会会員。

カラー頁写真
（梅・枝豆・鬱金・神輿・柿・焼藷・炭・牡蠣・鮎・鰻・水・甘酒・土・稲）
高橋保世
※特に記載のない写真は著者提供

装丁・本文デザイン
大西未生（ザイン）

季語を食べる
地球の恵みを科学する

2024年2月3日　初版発行

著　者　尾池和夫
発行者　伊住公一朗
発行所　株式会社 淡交社
［本社］〒603-8588 京都市北区堀川通鞍馬口上ル
営業　075-432-5156　編集　075-432-5161
［支社］〒162-0061 東京都新宿区市谷柳町39-1
営業　03-5269-7941　編集　03-5269-1691
www.tankosha.co.jp

印刷・製本　中央精版印刷株式会社

ISBN978-4-473-04580-5